この手の中を、守りたい 1
～異世界で宿屋始めました～

セロ（セフィロス）
【アーシュの孤児仲間】
アーシュたち４人の仲間のリーダー。
落ち着いたしっかり者。
アーシュを妹のように、大切に思っている。
アーシュ（アーシュマリア）
両親を相次いで亡くし、セロたちの孤児のグループに、仲間入りすることに。
今度こそ、転生前の記憶を活かしたいと願うが……。
登場人物紹介

ダン（ダニエル・グリッター）
メリルーの商人の息子。
アーシュたちの友人。
ギルド長（グレッグ）
メリルのギルド長。
アーシュたちを優しく見守ってくれている。
ウィル（ウィリアム）
【アーシュの孤児仲間】
マルの兄で、セロと同い年。
妹であるマルを大切にしている。
マル（マーガレット）
【アーシュの孤児仲間】
アーシュと同い年で、ウィルの妹。アーシュに懐いている。

Contents

アーシュ七歳　別れと出会い

今日、とうちゃんがダンジョンで死んだ。二二歳だった。

とうちゃんもかあちゃんも王都のスラムで育った。体の弱いかあちゃんは育つまいと思われたらしいが、スラムの連携は案外強い。仲間に守られながら、なんとか一四歳になり成人した。黒髪で琥珀色(こはくいろ)の目をしたかあちゃんは、子供の目から見てもきれいだった。多くの人から妻として、あるいは愛人として求められていたかあちゃんは、成人してすぐ、幼なじみのとうちゃんと結婚し、一旦王都から逃れた。一年後私が産まれた。二人が一五歳の時だ。

体の弱いかあちゃんは、すぐ寝込む。とうちゃんは冒険者になって、私たちを養ってくれた。すぐ寝込んでも、いつもそばにいてくれる優しいかあちゃん。冒険者になるほどには、ほんとは強くないとうちゃん。街から街へ流れつつ、いつもお金はなかったけれど、幸せな毎日だった。

それでも弱っていくかあちゃん。

ここメリルは、領主の評判がよく、暮らしやすいという噂の辺境のダンジョンの街だ。かあちゃんの療養のため、しばらく落ち着いて滞在しようと移動してきたのは二の月のことだった。

冒険者はパーティを組んでいることが多い。家族持ちでもそうだ。でもとうちゃんは家族持ちで、移動するから固定パーティを組まない。その都度その場でパーティを組みダンジョンに潜っており、それが冒険者として評価の上がらない理由にもなっていた。

少しでも家族を助けたくて、私も看病のあいまに、ギルドの解体所で働いた。メリルはよい町だ。小さい子でも、一時間一〇〇ギルで働ける。大きめの黒パン一個分だ。何とか暮らせそうと思った矢先。

とうちゃんが、ダンジョンで、魔物にやられた。

組んでいたパーティは、逃げるのに精一杯で、とうちゃんは遺体さえ残らなかった。

そしてかあちゃんから、火が消えた。生きる気力がなくなったのだと思う。

ねえ、かあちゃん。

かわいい娘は、生きる理由にならないのかな。

そして三の月、かあちゃんも死んだ。二二歳だった。

残されたのは私。

アーシュマリア、七歳。

☆　☆　☆

簡素ながらかあちゃんの葬儀が終わり、共同墓地の前で立ちすくんでいると、ギルド長に呼ばれた。

「これからあてはあんのか」

首を振ると、

「かわいそうだが、街で孤児の面倒を見ることはできねえ」

と言う。

「ただ、メリルには自立した孤児のグループがあるんだ。これに入れば何とか暮らせるが、どうするよ」

　孤児のグループがあることは知っていた。解体所で一緒だったからだ。時々気にかけてくれて、優しくしてくれた。忙しくて、仲良くなる暇もなかったから不安ではあるけれど、生きていくにはしかたない。

「お願いします」

と言うと、そこからすぐギルドにつれていかれた。あらかじめ孤児たちを集めてくれていたようだ。

「じゃあ、さっそくだが。ザッシュのグループと、セロのグループだ」

　ギルド長によると、ザッシュは一二歳になる男の子だ。四の月になったらもう冒険者になる。成人には二年足りないとは言え、冒険者になったら一人前だ。七歳の私から見たら憧れさえ感じる。濃い茶色の髪と目がかっこいい。男子四人、女子二人、みんな年上の六人のグループだ。金髪で青い目のきれいな女子二人は解体所でも親切にしてくれた。

　セロは一〇歳になるという、これも男の子。他に同じくらいの年頃の二人の兄妹がグループにいる。もとはザッシュと一つのグループだったが、兄妹があまりになじめず、唯一コミュニケーションの取れたセロが引き取って二つに分かれたと、町の噂で聞いた。幼い三人のグループは、髪色がわからないくらい薄汚れていて、やせてみすぼらしい。

「あー、葬式が終わったばかりだが、両親がいなくなってあてがねえ。アーシュという」

「よろしくお願いします」

「うちが引き取ろう」

ザッシュがすかさず言ってくれ、私も一歩踏み出そうとした時、服を引っ張られて、なぜかセロのグループにいた。引っ張ったのは、兄妹の、妹のほう？　二人とも髪が長いからわかりにくい。

「お前のグループはいまでもぎりぎりだろ。オレにまかせろ」

とザッシュが言うが、私だって一〇歳より一二歳のほうが頼りがいがあってそのほうがいい。

「いや。マルが、めんどう、みる」

兄妹の妹ちゃんがかすれた、小さい声でそう言った。

この妹が人と話ができないからグループが分かれたと聞いたが、あれ、話せてるよ。

「マルが大丈夫なら、うちは引き取ってもいい。アーシュがマルを見てくれれば、オレたちももう少し働けるし。ザッシュのほうにいたほうが安心だとは思うけど」

とセロが言う。

マルは私の服をつかんで離さない。年より小さめの私より、頭半分大きいから、少し見上げなくてはならない。

「マルは、何歳なの？」

そう聞くと、マルは後ろにいた兄を見た。マルの兄は指を七本出すとこう言った。

「マルは七歳」

「私とおんなじだ」

私がうれしくなってそう言うと、マルは、薄汚れた顔で、それでもにっこりと笑った。

初めてのマルの笑顔だと、周りがざわめいた。笑ったことがなかったそうだ。

私は、生まれた時から、日本という国で生きて死んだ記憶があった。三人の子育ても終わって、これからという時に死んだのだと思う。

だからこそ、幼い両親を助けたかった。メリダという、剣と魔法のこの国の言葉を覚えていくにつれ、しだいに消えていく記憶を必死にたどりつつ、精一杯のことをした。けれど小さい私の手は、大人を守るにはやっぱり小さすぎた。

もしかして、この小さい人たちなら。

こんな私でもそばにいてよいというなら。

少しでも記憶を生かせるかもしれない。

少しでも守れるかもしれない。

私はギルド長に振り向き、言った。

「セロと、行きます」

「じゃ、行こう」

三人がにっこり笑った。

☆　☆　☆

マルと手をつないで、セロたちのグループが寝泊まりしている場所に行くことになった。ザッシュのグループはギルドのそばの廃屋に住んでいるそうだ。

でもこちらはひどすぎる。

ついたのはギルドから徒歩二〇分、古い教会のうまやだった。廃屋ですらない。布団などなく、わらの間で寝るのだという。

それでもそこに落ち着くと、照れながら改めて自己紹介しあった。

「オレはセフィロスで、セロ、今度一〇歳だ。一〇歳になって、ギルドの荷物持ちになったら、その後冒険者になる。こっちは」

「ウィリアムで、ウィル、セロと同じ今度一〇歳」

「マル」

「マーガレットで、マル、今度八歳」

簡単すぎる説明に、ウィルの付けたしが入る。

「アーシュマリアで、アーシュ、マルと同じ、今度八歳」

この世界では、ひと月は二八日、十三の月まである。そして四の月にいっせいに年を取るのだ。

「オレは、物心ついた時はメリルで孤児だった。だから冒険者になって、いろいろなところに行きたいんだ！」

とセロが元気に言った。

「オレたちは、たぶん貴族か商人の捨て子。小さい時は豪華なお屋敷に住んでたのを覚えてる。お母さまが死んでから、髪と目の色が変だからって、屋敷の小屋で閉じこめられてた。けど、たぶん何年かして、小屋から出してもらったと思ったら、馬車に乗せられて、ここに置き去りにされた。オレはお母さまのこと覚えてるけど、マルは覚えてないかもしれない。マルほとんど人と話したことがないんだ。それで人とうまくつきあえないんだと思う」

ウィルも身の上を説明してくれた。

この国の人は、髪は濃い茶から金、目の色は茶系か青が多い。ウィルとマルは、よく見ると金髪に緑の瞳。セロはおそらく、銀髪にアイスブルーの瞳。私は、かあちゃんと同じ、黒髪に琥珀の瞳。なんだか、珍しい色がそろった。

「ウィルとマルはお父さんは生きてるかもしれないね」

私がそう言うと、ウィルとマルはあっさりとこう言った。

「でも、いらない子だしな。だからオレは、セロについていく。冒険者になって、遠くに行くんだ！」

「マルも！」

先の見えない孤児の暮らしの中で、誰も希望を捨てていない。私の、かあちゃんととうちゃんを幸せにする希望は失われた。だから、

「私はまだ、家族を亡くしたばかりで何をしたいかわからないけど」

こう言った自分の声は少し涙声になっていたかもしれない。けれど、セロとウィルは気づかないふりをしてくれた、と思う。

「いいさ」

「これからよろしくな！」

生きていくのに精いっぱいで、引っ越しも多かったから、友だちなんかできたことなかった。私は少しうれしくなった。

自己紹介が終わると、

「じゃあ、夕ご飯を食べよう。新しく人が入ったから、今日は特別に干し肉つき、はい」

とセロに渡されたのは黒パンと干し肉のかけらだ。

それから、ただの水。

温暖な地域とはいえ、三の月はまだ寒い。

「いつもこのごはんなの？」

思わずそう聞くと、マルが答えてくれた。

「今日は、特別。干し肉がある」

いつもはパンだけなんだ……。

「料理はしないの？」

「しないよ。料理なんてしたことない」

セロが当たり前だろ、って顔をした。

これは……。

私は、まだこの間までは親と暮らしていたから、この世界の料理のしかたは知っている。けれど、この子たちはもっと幼い頃、親をなくしてるから知らないんだ。

確かに、黒パンは日本の白いパンより栄養がある。玄米と同じ。でも、育ち盛りには、タンパク質も野菜も必要だ。温かいものだって食べさせるべきなのだ。

「私、明日からどうしたらいい？」

「いつもは、オレかウィルがマルを見てて、見てないほうが解体所で働いてる。できれば、明日からはアーシュがマルを見ててほしいんだ。そしたら二人で働けるから」

なるほど。

「マルは、それでいい？」

「うん！」

マルがいいなら大丈夫。

「じゃ、もう寝ようか」

「はーい」

わらの間にだけどね。

ウィルとマルは兄妹だから、一緒に寝る。

私は、

「アーシュは、オレとだ」

え？　なんで？　と思う間もなく、わらの間にしっかり引き込まれ、セロの腕に抱え込まれた。

これはちょっと恥ずかしい。

「アーシュは、オレの妹のようなものだからな」

「妹……」

かあちゃんとは違う子どもの体温の高さが、三の月の風が吹く共同墓地で、心まで冷え切っていた私を温める。

おやすみなさい……。

守るつもりだったけど、みんな強い。今日は、たった一〇歳の子の手に守られて眠る。

☆　☆　☆

次の日、セロとウィルは解体所に働きに行った。パジャマなんかないから、夜着た服のままで出かける。セロとウィルは薄汚れたシャツにズボンに上着、私とマルは膝よりちょっと長いワンピースに、やっぱり薄汚れたエプロンをつけて、みんな穴のあきそうな編み上げ靴をはいている。

朝ごはんは黒パンのみ。朝昼で一つしかないので半分残す。これは少なすぎる。何とかしないと。とりあえず、私はマルをつれて、今日は教会を探険しようと思う。

「教会はどうなってるの？」

「しらないー」

「じゃ、探検しよっか」

「うん！」

教会の敷地は広く、山のすそにある。入り口にうまや、その先に教会、奥に牧師館があるようだ。教会の入り口の横に、井戸がある。

「ここで水を飲むよ」

マルが説明してくれる。

牧師館の壊れた物置を探すと、壊れかけの鍋やカップが出てきた。また、しばらく手入れをしていなかった周囲は枯れ草でいっぱいだ。まずは火を使える場所を作ろう。安全のため、井戸のそばに小さなかまどを作る。

マルと競争しながら井戸の周りの草刈りをし、焚きつけを集める。そして崩れた物置のレンガを利用して、かまどを作っていく。三方を囲み、手前を開け、鍋が置けるようにする。メリダはダンジョンから出る魔石をエネルギーにしていろいろなことに使っている。特に火の代わりになる。だから本当は魔石コンロがほしいのだが、今はまだぜいたくだ。集めた枯れ草や木の枝で火をおこそう。

　そして、なんとこの世界には、魔法が存在し、誰でも使えるのだ！　と言っても大半の人は生活魔法のみ。それでも、カップ半分の水、着火に必要な火、洗濯を乾かすそよ風、夜に使う灯りなどは、大なり小なりみんな使え、便利なことこの上なかった。発動は簡単。火、とか水などと唱えるだけ。慣れてきたらそれもいらず、考えるだけでもいい。それでもたいていの人はイメージしやすい言葉を使う。

　そんな魔法を、使わないでいられようか！

　かあちゃんの代わりに家事をやっていた私は、生活魔法をかなりしっかり使えた。そこで、簡易かまどに、焚きつけで着火。壊れかけの鍋に井戸の水を入れれば、お湯のできあがりです。

　マルと私のお昼は、黒パンとお湯に格上げされた。あったかいね。

　午後からは、マルと街に出かけた。

　かあちゃんの看病をしていた時は、心配で離れたくなくて、ぜんぜんゆっくり見られなかった。

　農家のおばあちゃんは午前中で野菜を売りきって帰る。飼葉（かいば）やさんは、貸し馬もしていて、馬房の掃除が追いついていない。飼葉用のお店には、塩も売っている。わらの他に、あ、大豆を売ってる！　燕麦（えんばく）もだ！　値段を聞いてみよう。

「おじさん、塩はいくらなの？」

「一キロ一〇〇〇ギルだな」

「いちばん少なくてどのくらいから買えるの？」

「ひとカップで二〇〇ギルだ」

「この豆は？」

「これはコッカ用だぜ？　小さい単位では売らねえが」

「燕麦も？」

「たいてい一〇キロ単位だな」

一〇キロは持ち運べないな。腕を組んで考えていると、おじさんは、少しためらいながらこう言った。

「嬢ちゃん、あれだ、かあちゃんは残念だったたな」

「うん、とうちゃんと仲良かったから、きっと今は一緒だよ」

まだ唇が震えてしまう。

「今どうしてんだ」

「マルとセロとウィルといる」

「あー、そりゃ腹減るわな」

そう言うと頭をかいて、こう続けた。街の人も、よく見てるんだね。

「なあ、お前、かあちゃんの代わりに家事やってたよな？」

「うん」

「馬房の掃除、できるか?」

「教われればできる。あとマルが」

「マルもできる!」

「お前しゃべれんのか!」

おじさんはびっくりして叫んだ。私とマルはクスクス笑った。おじさんは気を取り直してこう言ってくれた。

「じゃあ、馬房一つにつき一〇〇ギル払う。一日に一つでも掃除してくれれば助かるんだ。昼までに、できるだけでどうだ。豆と燕麦は欲しければおまけにつけてやる。でも食べ方わかんのか。生で食べると腹こわすぞ」

「やる! とにかく煮てみるから」

とりあえず、その日はマルと馬房一つを試しに掃除してみて、一〇〇ギルと片手でひとすくいの豆と燕麦を稼いだ。

「明日頑張って塩を買おうね!」

「うん! アーシュ、解体所に兄ちゃんとセロ迎えに行こ!」

「行こう!」

手をつないで迎えに行った。

一人六時間働けたセロとウィルは、二人で一二〇〇ギル稼いでいた。黒パンを八個買って帰る。余ったのはたった四〇〇ギルだったけど、ちゃんとみんな分パンが買えた。

そして、今日作ったかまどでお湯を沸かしたから、水じゃなくてお湯があった。寒い中、黒パンとお湯だけの夕食は、温かく、なんだか希望の味がした。豆を水につけて、今日もみんなで、おやすみなさい。

かあちゃんが死んで、まだ三日しかたっていない。けど、生きていくのはそんなに甘くない。泣いてなんかいられないんだ。


朝に豆を煮て、豆の煮汁をスープ代わりに飲む。

「あったかいけど、おいしくはないかな？」

「水よりはいいな」

という感想でした。


そのまま、お豆は鍋ごとわらのお布団に入れておく。豆が柔らかくなって食べられるのは夕ご飯の時だ。出かける前に、みんなで草刈りをする。草を払い、太い茎を集め、小枝も拾い、教会の軒下に積んでいく。


今日は四人で街までお出かけだ。セロとウィルは解体所に、私とマルは飼葉やさんだ。二時間で四つの馬房の掃除ができて四〇〇ギルの稼ぎになった。

「おじさん、塩カップ一杯ください」

「あいよ、二〇〇ギルな。明日も頼むなー」

おじさんは山盛りにしてくれた。塩が手に入った！　今日もお豆と燕麦をもらえた。私はマルと急いで残りの二〇〇ギルを握りしめ、野菜やさんに走る。

「おばあちゃん、野菜！」

「もう小さいのと、クズしか残ってないよ」

「それでもいいの、二〇〇ギルでどれだけ買える？」

「残り全部いいよ、その代わりこのゴミ、集積所に捨ててきてくんな」

「ありがとう！」

クズ野菜といっても、十分な量がある。これで野菜も手に入った。

それから市場の端でマルとお昼を食べて、解体所に行く。

私は、解体所の手伝いをしている時、いつも思っていたことがある。子どもの仕事は、クズ肉を運んだり、骨を捨てたりする運搬だ。そして、捨てる骨にいつも肉が残っている。それを集めたら、けっこうな量になるのにな、ということだ。

マルと二人で見学していたら、工場長さんに、

「アーシュ、セロのグループに入ったんだって？　今日は働かないのか」

と声をかけられた。かあちゃんの看病をしながら、一時間でも働かせてくれたのがこの人だ。

「働きたいけどマルが疲れてて」

飼葉やさんの仕事は疲れたと思う。マルはウトウトしている。

「いつでも言えよ」

「あ、工場長さん」

「なんだ？」

「あの骨に残ったお肉って」

「もったいないけど、さばききれねえんだ」

「何時間か働いたら、あのお肉削って、もらっていってもいい？」

「あいつらやっぱり困ってるのか……。やせてるからな、気にはなってたんだ」

「困ってることにも気づいてないんだよ……。今まで、パンしか食べてなかったみたい」

「アーシュ、くず肉の料理はできるのか？」

「うん」

「さすが母ちゃんの手伝いをしてただけあるな。なら、働いた日だけだぞ？」

「ありがとう！」

その日は、セロとウィルに、パンの他に干し肉を二〇〇ギル分買ってくるよう頼んであった。わらの中の豆はどうなっているかな。マル、ほら、一つ食べてごらん？

「やわらかい！」

「え、オレも食べる」

「オレも」

お豆は水に浸してゆっくり煮るとやわらかくなるんだよ。あ、もう、みんな味見は一つだけだよ！

さて、干し肉少しと、野菜をきざんで、お豆を入れて、塩で味つけ。そして簡単野菜スープのできあがり。

いかが？

「「「おいしい！」」」

お肉はほんの少しだけど、お豆がタンパク質の代わりだ。干し肉もお野菜も明日の分は残してある。育ち盛りのみんなが、少しでも大きくなりますように。豆を水に浸して今日もおやすみなさい……。

メリダのひと月は四週間で二八日だが、曜日はなくて一の日、二の日と数え、七の日はたいていお休みだ。

私たちも、七の日は休む。寒い季節だけれど、お風呂に入ってお洗濯をしなくてはならない。そう言ったら、三人から不満の嵐だったけれど、聞きませんとも。

とってあったかまどの灰を桶の水に溶かし、ごくごく薄い灰汁（あく）を作り、体と服を洗っていく。マルには私の予備の服があったからいいけど、男子二人は着替えすらろくにない。生活魔法をたくさん使って急いで乾かした。

今日は、ためていた燕麦を使ってオートミールもどきを作る予定だ。ゆがいた燕麦をつぶして干す。ここでも生活魔法が大活躍だ。

さて洗濯をし、体を洗ったら、なんということでしょう。ここに美少女と美少年がいました。

おそらく金髪だろうと思っていたウィルとマルは輝くような明るい金髪に。といっても少し深い金色だ。二人とも背中の半ばまである長い髪が三の月の日の光をはじいてとてもきれいだ。うれしいことに、私とおそろいの巻き毛だ。

セロはというと、見事な銀髪で、短めにしている。しっかりと引き結んだ口元と、強い視線も相まって、すごくしっかりして見える。白髪でも、グレーでもない、透明感のあるきらきらとした髪を、私は前世でもこの世界でも見たことがない。珍しくて眺めていると、

「あんまり好きじゃないんだ、この色」
とちょっと嫌そうな顔をした。うん、人それぞれだもんね。ほめるのもやめておこう。みんなきれいだから、清潔にはしても、あまりにきれいにしすぎるとよくないことに巻き込まれるかもしれない。ほどほどにしよう。

みんなと一緒に物置を探険したり、敷地を探険したりして、余分な鍋や桶を見つけた。教会は古いけれど、教会の奥の小部屋は掃除すれば使えそうだ。少しずつ春になり、どうやらベリーの茂みなどもありそうな感じ。なにより、コミルの自生地を見つけた。

メリダというこの国には、牛がいない。鳥はコッカというニワトリの五倍ほどの大きさのものが家畜化されているが、基本ダンジョンの魔物を食べる。羊はいるが、羊毛用だ。困るのは、牛乳やクリームがないことだ。そのかわり、コミルという草の実がある。いちごのような形をしているが、真っ白で、冬以外いつでも実をつけ、すぐ乾燥するので実のまま保存できる。お湯に溶かすとミルクのような味になる。主にスープに使われる。

ヤブで去年の残りの乾燥したコミルを見つけておどりあがって喜んだのは言うまでもない。スープに使って大好評でした。

魔物の解体所でも少しずつ働き始め、お肉ももらってきている。ハンバーグにするほどはないので、枝に刺して、かまどで焼いて食べている。男子とマルの喜ぶこと喜ぶこと。あ、全員だ。

魔石と魔法のあるこの国は、よほど貧しくなければとても暮らしやすい。トイレも魔石を使った魔道具であっという間に分解されるから清潔だし、魔石でお湯もすぐに沸くので、お風呂だって入ろうと思えば入れる。魔石コンロを使えば燃料は魔石だけ。ゴミも出ない。

人々は生活に満足していて、新しいものが発明されたり、生活がどんどん便利になったりしていくようなことはない。健康で丈夫な人が多いから、弱い人、貧しい人は努力が足りないだけとみなされる。弱い者は淘汰されていく。とうちゃんやかあちゃんはその狭間でぎりぎり生きていた人たちだ。孤児がいても、無事に大きくなった者だけが迎え入れられる。

ああしたらいいのに、こうしたら便利なのにと言う私に、かあちゃんはいつも笑って、

「アーシュはよく考えてえらいわね。でも、生きているだけで幸せなのよ」

と言うだけだった。料理の手伝いをして新しいものを作っただけでも感心されたし、移動の馬車でお尻が痛いからといって、クッションを工夫しただけでも感心された。

停滞している。それがメリダの印象だ。

クズ肉の料理など、ひき肉だと思えばいくらでも工夫のしようがあるのにな。

☆　☆　☆

かあちゃんが死に、セロとウィルとマルと暮らして一週間すぎた。お金も少しずつため、二〇〇〇ギルになった。三の月の三週目に入り、温暖なメリルでは、もう春が来つつある。

一週間たつと、生活のリズムがしっかりできてきた。

朝起きて、黒パンを食べて、焚きつけを拾ったり草刈りをしたりして住むところを整える。それから四人で街に行き、セロとウィルは解体所で一日働く。私とマルは、馬房の掃除をし、野菜やのおばあちゃんや市場のお手伝いをして、野菜やおだちんをもらう。お昼を食べたら、解体所で二時

間働き、お肉を分けてもらう。肉の削り方がうまくなり、もらってくるお肉の量も増えてきたので、結構お肉を食べられるようになってきた。

ただ、いつもうまくいくとはかぎらない。マルは、今まで誰からもかまわれず好きに過ごしていた分、集中力がないし、時には仕事にならないこともあるからだ。そんな時は、お肉はなしだけど、のんびりマルと遊ぶことにしている。だって七歳だもの。

むしろ、セロとウィルは、なんで毎日あんなに働けるんだろう。

「子守より楽だ」

なんて笑うけど、解体所の魔物は肉も骨も重いから、重労働だ。

解体所では魔物の肉をさばく。ダンジョンとは不思議なところで、モンスターを倒して一日たつと、その体はダンジョンに吸収される。ただし、床や壁に接していなければ、吸収されず、持ち帰ることができる。父ちゃんの遺体も、ダンジョンに吸収されたはずだ。

ランクの高い冒険者は、効率が悪いので魔物から魔石だけ取って肉は放置だが、肉もなるべく持ち帰ることが推奨されている。逆に、街で出たゴミもダンジョンに持ち込まれるため、ゴミ問題もない。解体所の子どもの仕事は、工場からダンジョンのそばまでゴミを運ぶこと。

ダンジョンの多いこの国は、魔石で回っている。魔石のコンロがあれば、焚きつけもいらないし、料理も楽だ。冷蔵庫のようなものもある。日本の電気やガスが、魔石でかわりになっているようなものだ。少しずつ、手に入れられるといいな。

そんな毎日だが、三週目の終わり、セロが、

「これからのことだけど」

と言ってきた。

「四の月に、オレたちは一〇歳になり、ダンジョンの荷物持ちの資格ができる。オレとウィルで、その仕事をしたいんだ」

荷物持ちとは、冒険者育成のシステムだ。

魔石の他に食肉を持って帰ることも推奨されていると言ったが、冒険者の収入は、魔石がメインだ。そこで、戦闘には参加させない荷物持ちを連れていく。一〇歳から可能で、二人ひと組になり、魔石の取り出しと、モンスターの解体と持ち出しをする。

剣士の戦い方はもちろん、魔法師の戦い方や、連携の仕方も見学できる。パーティが認めれば、スライムやラットなどの、冒険者にとっては価値の低い弱い魔物の狩りもできる。ギルドに仮登録となり、銀行も利用可能だ。解体用ナイフと、荷物のたくさん入る収納バッグも貸し出される。日当は一〇〇〇ギル。弱い魔物の魔石、一つ一〇〇ギル。

ギルドとは不思議なところで、車も電話も電気もないこの世界で、ギルドの登録事項はどのギルドでも共有される。その仕組みの一つが魔石の買い取りと銀行で、どこででも一定額で買い取ってもらえるし、どこででもお金を預けて引き出せる。

この便利で不思議な世界はひどくアンバランスだと思う。

ともあれ、住むところがあって、冒険者を目指す子どもには、荷物持ちは願ってもないシステムだ。冒険者は一二歳からだ。これにより、ギルドもいきなり初心者が冒険者になって死亡する率を減らせ、安定した魔石と食肉の供給がはかれるというわけだ。

「マルはそれでいい？」

「マルはアーシュといるのが好き」

「なら、私は大丈夫」

と私。セロが続ける。

「それでね、お金のことなんだけど」

「うん、少したまってきたね？」

みんなで働いていろいろ買っても、一日五〇〇ギルくらいあまりが出る。三週目終わりには、あわせて五〇〇〇ギルになっていた。

「アーシュに任せたいんだ。確かに前よりちゃんと働けるようになったけど、それにしたってアーシュが来てから急に楽になったろ？　お金がたまるなんて、そんなこと初めてだし。オレたち、金とか持ったことないし、あれば使っちゃうし」

「いいけど……」

私は少し考えてから話をした。

「じゃあね、セロとウィルは、ギルドの銀行で口座をちゃんと作ってね」

「口座？」

「お金を預かってくれるところ」

「作る！」

「一人ずつね」

「うん！」

「そして、もらったお金の半分を預けてきて？」

「「うーん」」
「残りでパンを買って、余ったら私に預けて？」
「むずかしいなあ」
「みんなで順番にも一回言ってみて？」
「「口座作ってー、稼いだら半分預けてー、パン買ってー、残りアーシュに」」
「かんたんでしょ！」
「「うん！」」

こうして三週目も終わる。

そして三の月四週目に入った。

野菜やのおばあちゃんに頼まれて、教会の敷地に生えているギザ草をおろしている。春の山菜だそうで、わざわざ畑では育てない。でも、春に食べたい人が多いらしく、一定の需要がある。三束ほど集めて、馬房に行く前におばあちゃんにあずけていく。ひと束一〇〇ギルで売り、おばあちゃんに手数料を一〇〇ギル払う。二〇〇ギル手元に残る。

もちろん、ギザ草はご飯にも使っている。解体所の削り肉と炒めて食べるとおいしいのだが、野菜を食べる習慣のないセロたちには、最初とても不評だった。けど、好き嫌いはいけないからね！

夕ご飯は、野菜スープと野菜と肉の炒め物という豪華さだ。

解体所で捨てられる脂身の部分も、先週もらってきてみた。物置で見つけた鍋に、水とサイコロ状にした脂身を入れてゆっくり煮出す。塩を少し入れて冷ますと、上澄みにきれいな獣脂（じゅうし）がたまっているというわけだ。これで炒め物の油にも困らない。

また、コッカの卵も買ってみた。一個二〇〇ギルもするのだが、さすがに卵もニワトリの五倍くらいある。ゆでて酢と塩と油で味付けした卵を、パンに獣脂を薄くぬってギザの葉とはさむと、卵サンドの出来上がりだ。

来週からの荷物持ちに、お弁当がいるからね。

お豆も、つぶしてニンニクと塩で味付けをし、スープで少しゆるめると、パンにぬるのにちょうどよくなる。

朝ご飯に、燕麦の干したのをコミルで煮たおかゆも好評だった。トマトの季節になったら、かあちゃんが好きだったトマトとお豆の煮物もできるね。

ところで、ここ二週間、生活魔法を使いまくっていたら、たくさん使えるようになってきた。かあちゃんととうちゃんといた時は、お手伝い程度だったのが、家事がちゃんとした仕事になったからかな。使えば伸びるなら、使うしかない。セロにもウィルにも、マルにもどんどん使わせている。けっしてこき使っているわけではない。

寝る前にみんなで、灯りの魔法を使ったり、風を吹かせたりしている。生活魔法では「風よ」で済むけれど、それを大きくするためには「風よ、吹き荒れろ」なんてイメージをはっきりさせるといい。私はそんな風に口に出すのはちょっと恥ずかしいし、マルはイメージするのがそもそもめんどくさいと言う。でもセロとウィルは喜んでやっている。今は、灯りをいくつ出せるかウィルとの競争になっているから、恥ずかしいなどとは言っていられない。昨日私がいっぺんに三つ出せたものだから、ウィルの悔しがることといったらなかった。

ウィルといえば、マルと同じでコミュニケーションが苦手、クールって思っていたけれど、実は熱血漢だったり、セロがしっかりしているようで、好き嫌いが多くて甘えん坊だったりと、いろいろわかってきた。

でも、いちばん驚いたのはマルだった。コミュニケーションが苦手というより、自分より大きな人が怖かっただけ。私は少しだけ小さかったから、大丈夫だったんだって。私が大人とも平気で話してるのを見て、大きい人も大丈夫ってわかったみたい。

そして三人とも、すごく運動神経がいい。走るのも速いし、教会の裏の山でも疲れないし、ついていくのがつらい……。でもがんばるんだ。

悲しいことがあったなんて、ずいぶん前のことみたい。かあちゃん、とうちゃん、私の手は小さいけど、仲間とつないだら大きなまるになるんだよ。

閑話　あるギルド長のひとりごと

幸せって、何なんだろうなあ。

俺は、ターニャとトニアを見るとそう思ったもんだ。

ターニャはスラム育ちだが、俺が王都にいた頃から美人で有名だった。王都で一回見かけたことがあるが、黒髪と少し下がった大きな琥珀色の瞳が、それはきれいな女の子だった。その分、商家の親父に囲われそうになって、そこから逃げて結局、幼なじみのトニアと結婚しちまった。王都の若者の間では、けっこう噂になったもんだ。

けど、トニアはなあ。

いいやつだけど、とにかく弱かった。二二歳にもなって、ギルドのランクがDだぞ。へたすりゃ二年目のガキでも上がれるランクだ。人にも強くは言えなかった。

だからこそ、体の弱いターニャに寄り添えたのかもしれねえ。

トニアがいなかったら、もっと早く人生をあきらめてただろ。

そんな弱い二人に生まれたのがアーシュだ。

姿こそターニャに生き写しだが、強さが違う。

ふらふらする二人を支えて、いっつも頑張ってた。

この街に来てからは、もう見てられないくらいだった。

ターニャはもう長くねえって、誰もがわかってた。

それでも、あちこちかけずりまわって、アーシュはなんとかしようとしてた。

もしかしたら、トニアが先にあきらめちまってたのかもな。

だから先に行っちまったのかな。

そこからターニャがいくまであっという間だった。

墓の前で、

「娘は生きる理由にならなかった?」

って言ってる七歳に、なんて言えばよかったのか。

お前がいたから、ターニャはここまで生きた。だからこそトニアも頑張れた。お前が弱い二人の、命と幸せをつないだんだ。

せめてしっかりしたグループにって思ってたのに、弱いほうのグループに入っちまった。そして毎日笑って過ごしてる。

少なくとも、お前のまわりに、幸せはある。

アーシュ八歳四の月　荷物持ちとお弁当

四の月になった。今日から八歳だ。一〇歳になったセロとウィルは、今日からギルドの荷物持ちだ。

ギルドで見送りしたかったけど、新しい冒険者もいて込んでいるらしいので、やめた。卵サンドを持たせて見送った。

私とマルも、いつも通り。二人になってさみしくなったけど、ギザ草を取って、手をつないで、街に出発だ！

おばあちゃんにギザ草を預けて、馬房の掃除。二人で四つ。おばあちゃんに野菜を分けてもらって、代わりにゴミを捨ててきて、午後からは解体所だ。

マルと二人で一日に一二〇〇ギル稼ぐ。

「今日からね、マル」

「なに？」

「セロとウィルと同じように、私たちもお金をためるよ？」

「うーん？」

「今日稼いだお金は？」

「キザ草二〇〇ギル、えーと飼葉やさん四〇〇ギル、お肉やさん二人で六〇〇！」

「合わせると？」

「一二〇〇！」

「せいかーい」

二人で拍手だ。

「じゃあ、おうちに半分ためまーす」

「はーい」

「いくら？」

「んー、六〇〇ギルです！」

「では、残りは？」

「六〇〇です！」

「それをマルとアーシュで半分こしたら？」

「三〇〇ギルです！」

「それをためようねー」

「やったー！」

私たちも、自分だけのお金をためることにした。

解体所から、そのままギルドに迎えに行く。すると、拍手の音がする。

「おじさん、これなあに？」

「アーシュか。今日から四の月だろ。新人の冒険者と荷物持ちへの、まあ応援だな！　ほら見ろ、ザッシュたちだ！」

冒険者初日で、誇らしげなザッシュたちだ！　私もマルも、一生懸命拍手した。

「おい！　セロとウィルだぞ！」

そこにはやっぱり誇らしげな二人がいた。

「「ただいま！」」

「「おかえりなさい！」」

「ほら、こんなに稼いだんだ！」

「ラットもやっつけたんだよ！」

と二人が自慢する。

「「ほー」」

「「すごいねー」」

と私たちが返す。

「じゃあ、口座作ってきてね？」

「え？　なん……あ、アレだ！」

「二二〇〇ギルだから？　半分はためるのよ」

「半分は、一一〇〇だ」

「それを二人で分けると？」

「「五五〇！」」

「そう、行ってきてね」

「うん！」

「もう尻にしかれてんのか……」

誰かがつぶやいた。違うからね！　セロとウィルが素直なだけだから！

窓口に行った後、パンを買って帰る途中、串焼きやさんがあった。正確にはいつもあるけど買ったことはない。

お祝いだよね？　今日くらいいいよね？

「「「串焼き……」」」

「「「買おうか！」」」

今日の収入が全部なくなったけど、串焼きはおいしかったです。

三の月は結局八〇〇〇ギルたまっていた。

四の月の初日は計算に入れず、私とマルは一日だいたい三〇〇、セロとウィルは、五〇〇、家計費はパンなどの支出を除いて六〇〇ギルの貯金となる。週六日働くから、私とマルは一八〇〇、セロとウィルは、三〇〇〇、家計費は三六〇〇ギルになる。

少し気が早いけど、私は冬のことを考えていた。

冬に吹き抜けのうまやは寒いどころではない。

よく、今年生き残れたと思う。もっとも、この世界の人たちはとても頑丈だ。かあちゃんは体が弱かったが、そんな人めったにいなかったし、弱かったとうちゃんだって怪我をしてもあっという間に治っていた。

魔法や、魔石、ダンジョンがある時点で日本と同じ法則は当てはまらないと考えるべきなのだろう。だいたい、収納バッグってなんだ。よいものだと、家一つ分くらい物が入るという。子どもが持っている小さいポーチでも、一〇キロほどは入る。魔石とモンスターの皮を魔道具師が何かするとかいう不思議カバンなのだ。そうそう、キロとか、単位も地球もどきなんだけど、由来はちがうらしい。まあ、そんな不思議カバンでさえ、私たちは持っていない。

それはともかくとして、冬のことだ。

今年は教会の奥の小部屋に移ればよいと思うのだが、必要なものはたくさんある。少しでもお金をためておきたいのだ。

冒険者はよく稼ぐ。ザッシュたちでさえ、一人三〇〇〇ギルは一日で稼ぐ。じゃあ、なんで私やかあちゃんのように苦しい生活なのか。

初日に串焼きに使い果たした私たちのように、「稼げるから、調子に乗って、日銭を持たない」のだ。かあちゃんが一番のとうちゃんでさえ、冒険者仲間と酒を飲み、一文無しで帰ってくることはよくあった。また、冒険者の妻は働かなくてよいという風潮もある。とうちゃんが冒険者なのに、子どもが働いていると笑われることもあった。

だから私たちは、きちんと貯金するクセを最初からつけていこう。尻にしいているわけではないのです。失礼な！

というわけで、明日からがんばろう。わらの中で、うとうとしながらセロとウィルの今日の話を聞く。

そうかー、ウィル、魔法師がすごかったの？　炎が？　風の刃？

え、セロ？　けんあつ？　あ、剣圧のことか、一振りで二体？

うーん、すごいね、ん……。

「アーシュ寝ちゃったよ？」

「いいんだ、マル、寝かせておこうよ」

「アーシュ体力ないんだよな」

「親のめんどう？　見てて、遊んでるとこ見たことないってギルドの人言ってた」

「いろいろ知ってて賢いけど、一番小さい妹だからな」

「オレたちが守らなきゃ」

「マルも守るよ」

「さ、オレたちも寝ようぜ」

「「おやすみ」」


こんな感じで四の月はすぎていく。

少し生活が落ち着いてくると、ほしくなるものがある。

そう、スイーツである。

この世界にも砂糖はあるが、けっこう高い上にあまりお菓子を食べないのだ。主に肉。そして肉。

まあ、それはそれとして、私が気になっているのは、飼葉やさんの茶色い大びんだ。飼い主は馬の整腸剤として買っていく。それって、廃糖蜜（はいとうみつ）じゃないのかなあ。

「おじさん、コレは」

「ああ、それは廃糖蜜だな。砂糖の絞りカスだ。馬の整腸剤に使うぞ」

「人は食べないの？」

「祭りの菓子に使うことはあるが、あんまり使わねえなあ、ちょっと苦いんだよ。ほれ、味見してみな?」

「「ん、あまーい」」

「マル、どう?」

「苦いけど、おいしい!」

確かにクセのある苦さだが、日本ではライ麦パンなどのクセのあるパンにつけたり、お菓子に使っていたりしたはず。

「おじさん、いくら?」

「びんごとだと五〇〇ギル、だいたい二キロ入りだな」

「一つ、買ってみる」

「まいどありー、お腹こわすなよ?」

「ねえ、マル、これお昼のパンにつけてみようよ」

「やる!」

いつものように、広場の端っこでお昼を食べる。さて、パンにつけてみよう。

「「おいしーい!」」

「合格!」

「アーシュ、なにが合格?」

「おいしさ合格! パンに採用します!」

「採用ー」

二人でくるくる踊っていたら、おじさんに怒られた。

四の月から、ベリーが取れ始める。

まず、アルベリー。薄桃色、薄甘の、さわやかなベリーだ。保存にもジャムにも向かないので、せっせと取って売る。そして食べる。野菜やのおばあちゃんに頼んで、置いてもらう。毎朝取れる量は多くないので、ベリーの収入は五〇〇ギルほど。

その後はストロベリー。まさにいちご。ランベリー。紫。そして、五の月の終わりにはさくらんぼがなる。アルベリー以外は、ジャムになる。廃糖蜜は、野生のベリーのジャムによく合う。また、生活魔法を使って、ドライフルーツも作り、うまやの天井に干しておく。みんな手伝ってくれるけど、冬のことなんて考えても仕方ないって顔はしてた。でも、ジャムは大喜びだ。

ウィルは荷物持ちの仕事を通して、魔法師という仕事をいたく気に入ったらしい。夜の灯りも、先に五つともせるようになった。二人で競争して、後に一〇個ずつともせるようになったのは笑い話だ。一〇個もともして楽しい以外何にもならないのにね。

でも、生活魔法はみんな使えるのに、魔法師は少ないのは何でなんだろう。

「威力と、量かな」

とウィルが言う。

「だってさ、着火の魔法は、こんな小さいだろ？　でも、魔法師の炎は、こーんなに大きいんだぜ」

手をいっぱいに広げる。いや、実際はその半分くらいでしょ。ウィルったら、魚を逃がした釣り師みたいだよ。炎の種類は違った？

「おんなじように見えたな、ただ大きいだけで」

大きい？　じゃあ、着火の魔法を大きくしてみたら？

「え、おい！」

ぶわっ！

「けほっ、けほっ、ほらね、大きくなった！」

「バカやろ！」

ウィルに頭をたたかれた。

「危ないことすんな！　怪我するとこだったぞ！」

「ごめんね、うまや燃えるとこだった」

「ちげえよ！　お前が危なかったんだよ」

「え、だって私別に」

「いっつも思ってた。アーシュはオレたちのめんどうは見るのに、なんで自分を大切にしない？」

「自分を、たいせつ……だって私、大丈夫だから……」

だって前世は大人だった。かあちゃんもとうちゃんも、子どものような歳だった。大人ががんばらなくてどうする？

「セロも言ってやれ」

「アーシュ、お前が一番小さいんだよ。一番守られなくちゃいけないんだよ。ほら、手を伸ばしてみろ」

手を？

「ほら、一番短い」

「マルより短ーい」

ああ、私、まだこんなに小さいのか。ストロベリーが二個しかのらない、そんな手のひらだ。

「オレたちがアーシュを大事にしても、お前が自分を大事にしないと、だいなしだ」

「うん」

「無茶すんな」

「うん」

二歳分だけ大きな腕が、抱きしめてくれる。

もう一人分、そしてもう一人分。

その日私たちはお団子になって寝た。

いろいろなことがわかった着火魔法の件は、魔法について深く考えるきっかけをくれた。ゲームの世界のように、灯りは魔力を二消費するなど、目に見えるものではない。けれど、五つ出せば、一つより魔力を使う。正確には体の中の魔力が減る。それでも単純に五倍魔力が減るというわけでもない。それを体感で上手に調整しなければならない。

魔法師はたいてい王都の学院出身だという。そこで教わるのかなあ。

着火は怖いから、灯りで試してみよう。

今度はウィルに相談してから、二人で実験だ。

「灯り一つで、大きくしてみようよ」

「いいぞー、せーの」

「うわっ、まぶしいよお兄ちゃん！」

「ごめん、やりすぎた」

　ウィルが謝った。

「アーシュ、確かに生活魔法の応用で、魔法は使えるのかもしれないね」

「じゃあ、今できることは、生活魔法をたくさん使うことだね！」

「アーシュ、絶対ドライフルーツ作りに、オレのこと使おうとしてるだろ！」

「だってセロとマルは、魔法少ししか使えないし」

「オレとマルはふつうなの！　もう手伝わないぞ？」

「ごめん、ごめん、手伝ってー」

「やれやれ」

　水の魔法も、コップ半分じゃなくても、鍋にいっぱいとか、桶にいっぱいとか、やればできた。魔力は多く使うみたいだけれど。

　じゃあ、お湯はどうなんだろ？　ためた水に、魔力を流して、分子を速く動かすイメージ。

　結果、お湯にはならなかったけど、温かくはなった。

　では、分子が静かになるイメージでは？

　はい、冷たくなったが凍るほどではない。

　では、乾燥は？　物質から、水分を抜くイメージで。

　はい、からからです。これは風を吹かせて乾燥させるより楽だ。ドライフルーツやオートミールを作るのがいっそう簡単になる。

現代日本ならではの知識なんだろう。これをウィルに教えたけど、イメージを伝えるのにだいぶ時間がかかった。けれど、熱い男なので、努力してついにできるようになった。

冒険者になって、戦う魔法師に役立つ魔法ではないということは内緒だ。また、よく考えたら、魔石が買えるようになれば必要のないことだったかもしれない。まあ、今は買えないんだから、やれることはやる。そして決意した。

魔法ほどワクワクするものはない！　これからも研究だ！　絶対お湯と氷にできるようにする！

結局四の月は、私とマルは八〇〇〇ギル、セロとウィルは一二〇〇〇ギル、家計費は一五〇〇〇ギルたまった。余分に稼いだ分は、卵やお肉や、裁縫道具になった。

教会の敷地の探検は今も続いている。山の方に行くと、綿毛草もある。種がはじけるとふわふわとした繊維が出てくる丈の高い草だ。これは布団や、上着の中綿にもなる。これも少しずつ集めた。

荷物持ちは、ギルドの剣の訓練を受けられる。仕事の前一時間、二の週から、セロとウィルは訓練に参加するようになった。私とマルは？　なぜか荷物持ちでもないのに、参加しています。

なんでかって？　マルのせいだ。朝練の見学をしに行ったら、やりたくなってしまったのだ。師匠方がおもしろがって練習用の木剣を持たせたところ、素質があると見込まれてしまった。

そして、

「一人じゃやだ」

と言うマルにより、体力のない私までやるはめに。メリルには、今八歳未満の孤児はいないので、特例でいけるそうだ。いらぬ！　そんな特例。

マルに素質があるのならば、兄のウィルはどうか。天才らしい。

では、セロはどうか。逸材らしい。アーシュはどうか。温かい目で見られた。
よかったのは、ギルドの炊事場を借りられるようになったことだ。
朝、顔を洗って食材と鍋を持ってギルドに行く。訓練をよたりながらこなし、少し早く上がって、朝ご飯を作って食べさせ、お弁当を持たせて見送る。ちなみにお弁当は、
一の日　卵サンド、ジャム
二の日　コッカの胸ハム、廃糖蜜
三の日　豆ペースト、ジャム
四の日　以降くり返し
だ。朝は夜のスープの残りに、オートミール。
朝ごはんは剣の師匠も食べると言うし、お昼はギルド長が俺にも売れと言うので、少し余計な手間が増えたけど、収入も増えた。ギルド長は、なぜか豆のペーストが好きらしい。コッカのエサだと言ったら微妙な顔をしていて、笑えた。師匠はジャムが気に入ったという。
「ほのかな苦味がなんとも」
とのことだ。
そもそも、朝を食べない冒険者は多い。師匠も現役の冒険者だが、朝ご飯を食べるようになってから、実入りが増えたそうだ。
「なんか力が出る」
と言う。当たり前だよ……。そして、壊れた鍋で作ったものを食べるのはいやだからと、鍋を寄付してくれました。やったね。

訓練と朝ご飯の後、教会にもどって、ベリーをつんで、馬房に行って、野菜や、解体所と回って、ご飯を食べたらもう疲れて、魔法で風を起こしまくって寝る。そんな毎日だ。

そんな時、冒険者になったばかりのザッシュたちのようすがおかしくなってきた。

ザッシュたちは、冒険者として順調なスタートを切っていた。もともと孤児のリーダーとして、責任感もあり、剣の腕もよかった。しかし、しだいに顔色が悪くなり、怪我も多くなっていった。私もマルも、ザッシュにも、マリアとソフィーの女子組にもかわいがってもらっていたので、心配はしていたのだった。そんなある日、

「そこをあけろ！　ケガ人だ！」

数人の男たちが、ダンジョンから運んできたのがザッシュだった。

普段ならなんともない魔物に、ふらついたところをやられたらしい。パーティのもう一人、クリフが助けを呼んで、なんとか助かった。幸い、深い傷ではなかった。ギルドの医務室にいるということなので、次の朝、朝ご飯の鍋を持ってお見舞いに行った。セロとウィルは、仕事なので帰りに寄るという。

「ザッシュ、どう？」

「アーシュ、マル」

ベッドの上のザッシュは、怪我しているのに、起き上がって頭をなでてくれた。クリフもいて、マリアも付き添っている。

「大丈夫だよ、なんかふらついただけ」

「顔色がいまひとつだよ。ごはん食べて」

「いいのか！」

「多目に作ったから、クリフもマリアも食べて」

怪我人仕様として、今日は肉団子野菜スープにした。黒パンを薄切りにして、ジャムをつける。すごい勢いでなくなった。

「うまい……これ、アーシュが作ったのか……」

「うん、料理はもともとしてたから」

よく見ると、ザッシュとクリフは少しやせたようだった。

「冒険者は、荷物持ちより稼げるよね、食べられてないの？」

「確かに稼げるけど、稼いだ分は六人で分けてるから、前とおんなじくらいかな」

「ごはん増やしてる？」

「なんで？　前と同じだよ」

「マリア、解体所で女の子も働いてるし、ニコとブランも荷物持ちしてるよね？」

「ザッシュたちが稼ぐようになって、みんなちょっといいもの食べてるから、お金がすぐになくなるの」

「いいもの？」

「屋台のものよ」

「料理は？」

「誰もしたことないもの」

とうちゃんたちとおんなじだ。冒険者になって、稼げるから少しぜいたくをする。余分なお金を持ったことがないからすぐ使う。怪我をしたらすぐ貧乏になる。そして、セロたちと同じ、料理の経験がない。

ザッシュはリーダーで、面倒を見ようと思うあまり、他の孤児を甘やかしてしまったのだ。

「ザッシュ、クリフ、冒険者って、体力使うでしょ？」

「うん、今までよりずっと疲れる」

「じゃあ、その分、パンややお肉をいっぱい食べなきゃいけないんだよ」

「そうなのか」

「今までとおんなじだと、大きくならないし、やせちゃうよ」

「知らなかったよ」

しょんぼりしている。

「ねえ、アーシュ、私、ご飯作れるようになりたい」

「マリア！」

「なんだかよくないって思ってたの。でも、何がよくないかわからなくって……ザッシュたちどんどん顔色悪くなるし……」

「じゃあ、一緒にがんばろ？」

ザッシュたちの立て直しを請け負った。

閑話　マリアの決意

私はマリア。一二歳になった。メリルの孤児の、ザッシュのグループにいる。ザッシュはしっかりしたリーダーで同い年なのに頼りがいがあった。孤児が稼げるのはダンジョンの荷物持ちや冒険者なのだが、私とソフィーは女の子だから、働かなくていいと言われていた。グループ六人のめんどうを見ながら、時々、解体所で働いている。

そんな中、メリルで新しい孤児ができた。立て続けに両親をなくしたが、だいぶ前から親のいない私たちからすれば、親がいただけぜいたくだと思ってた。それでもかわいそうだから、なぐさめて大事にしてあげようと思っていたら、セロのグループに入ってしまった。大丈夫かな。

心配をよそに、マルと一日走り回り、忙しく、楽しく過ごしてる。

悲しくないの？

お金がなくて、大変じゃないの？

セロのグループは、いつの間にか身ぎれいになり、みんな元気になっていた。

それに比べて、私たちは、ザッシュとクリフが冒険者になってから、お金も増えたのになぜかうまくいかない。稼いで疲れて、不機嫌なザッシュとクリフ。お金をもらって、遊んでいるニコとブラン。そして、申し訳程度に解体所で働いてる私とソフィー。ご飯さえ別々だ。

そんな中、五の月に入ってすぐ、ザッシュが怪我をした。

怪我をして、がく然とした。二、三日は大丈夫だけど、このままザッシュたちが休んだら、食べるものがない。解体所で働いても、黒パン程度だ。ましてザッシュたちの分など買えない。こないだまで、どうやって暮らしてた？

眠れない夜を過ごし、ザッシュのところに行くと、アーシュが、スープとパンを持ってやってきてくれた。おいしい！　ジャムって、初めて食べた。ザッシュもうれしそうだ。スープもジャムも自分で作れるんだって！

そして、ザッシュにご飯のことを聞いている。私は、ザッシュが食べてるものなんて気にしたこともなかった。このままだと、やせて大きくなれないって。そんなのはいや！　今はバラバラだけど、ずっとみんなで支えあって生きてきたのに。アーシュは八歳。それなのに私よりずっと、みんなのこと考えてる。

変わりたい。みんなのために、何かしたい。疲れて、怪我をしている仲間はもう見たくない。

「ねえ、アーシュ、私、ご飯作れるようになりたい」

アーシュ八歳五の月　立て直しと魔法な日々

さて、料理をするにもお金がいる。今までのように、好き勝手にお金を使っていては、材料さえ買えないのだ。

そこで、マリアとソフィーに料理を教えつつ、お金の管理の授業をすることにした。今まで好きに使っていたお金をみんなに出してもらい、屋台で買わずに三食自分たちで食べることを考えてもらった。

まずはマリアとソフィーから。六人分の一日の材料と、だいたいのお金を覚えてもらう。黒パンが男子三つ×四人分、女子二つ×二人分で一六個。玉ねぎ、じゃがいも、ニンジンなど、基本野菜で四〇〇ギル。肉、干し肉、卵類で一〇〇〇ギル。合わせて三〇〇〇ギルだ。

ザッシュたちの廃屋には、魔石のコンロや鍋、包丁はあるとのこと。材料のみですんで助かった。しばらくは、豆やジャム、オートミールなどは私たちから分ける。

基本の干し肉、豆、野菜のスープと、卵サンドの作り方を教えた。朝はしばらく剣の稽古をお休みして、孤児全員分の朝ご飯を作りがてら、マリアとソフィーと、ついでにマルにも料理を教えた。一緒に昼のサンドも作る。豆の煮方も教える。

孤児みんなと師匠で朝ご飯を食べ、ザッシュはリハビリに女子組へ、クリフはダンジョンへ、ニコとブラン、セロとウィルは荷物持ちへと分かれる。

五の月はベリーの季節だ。いろいろなことがあるからといって、ベリーは待ってくれない。当然ザッシュにも手伝わせる。

「俺怪我人なのに」

「利き手は大丈夫でしょ」

などと言いながら、ベリーをつみ、野菜やのおばあちゃんにおさめ、残りは子どもたちで食べる。

「怪我が治っても、なるべく毎日取りに来て、毎日食べてね。七の日には、まとめて一緒にジャムを作ろうよ」

「いいの？」

「なんで？　誰も取りに来ないもん。余ってるくらいだよ」

そこからマリアとソフィーは解体所へ。ザッシュは私たちと飼葉やさんへ。

「よーう、ザッシュ、ヘマしたんだって？」

「あんまり言わないでくれよー」

「お前は店番を手伝え」

「えー」

昼にみんなで野菜を仕入れ、解体所に行き、肉を削り、集合して夕ご飯。

これを五日続けて、七の日。

ギルドの一室を借りて、お金の授業だ。黒板のようなものがあるので、それを使わせてもらった。数字は、みんな生きるのに必要だから読める。目で見せるのが一番だった。

なぜかギルド長もいる。

「まず、怪我をして迷惑をかけたな。今週、ご飯をみんなで食べて、どうだった？」

とザッシュ。

「串焼きとか食べられないのはちょっと残念だけど、毎食腹いっぱいなのがよかった」

「ダンジョンでも、前より疲れないいんだよ」

「自由時間少ないけど、前より楽しい」

と男子三人。

「これだけたくさん食べるのに、お金どのくらいかかってると思う？」

　ザッシュが聞くと、

「気になってたんだよ」

「セロたちに頼りっぱなしじゃないのか？」

と声があがる。そこでザッシュが、

「じゃあ、アーシュ先生、お話をお願いします」

と私に声をかけた。

「チビちゃんがか？」

「大丈夫か？」

　チビじゃないって。少し小さいだけ。ニコもクリフも背の高いほうだから、すぐからかうんだよ。

でも今は私が先生だ。

「はーい。アーシュです。まず、収入からです。ザッシュはお休み、クリフは一日だいたい三〇〇
〇ギル稼ぎます」

拍手がおきる。クリフは片手を挙げて応える。

「次にニコとブランは、二人合わせて二〇〇〇です。できればラットも狩ってね」

また拍手。

「最後に、マリアとソフィーは二人合わせて一二〇〇です」

「おー、そんなにか？」

「頑張ったな」

拍手だ。

「みんな合わせると一日で収入は？」

「「「「六二〇〇ギルです」」」」

「ではマリアさん、ごはんのお金を発表してください」

「はい！　パンが六人で一六〇〇ギル、お野菜四〇〇ギル、お肉、卵一〇〇〇ギルです」

「合わせるとー？」

「「「「三〇〇〇ギルでーす。あれ？」」」」

「たりないんじゃないの？」

「余ってるよ？」

「マリア、今週の残ったお金見せてあげて？」

「はい」

マリアは残ったお金を見せた。一五〇〇〇ギルだ。

「「「「……」」」」

「ごはんはね、手間がかかるけど、手作りしたほうが安いんだよ。あとね、私たちはこれから大きくなるでしょ。パンと、お肉と、お野菜やベリーをしっかりたくさん取らないと、大きくなれないんだよ」

「肉は食べてたぞ？」

「肉は体を作るけど、体を元気に動かすのはパンなの。体をすばやく動かすには、野菜が必要なの。卵や豆は、お肉とおんなじだよ。肉だけだと、疲れやすくなかった？」

「「「確かに……」」」

「あと肉は高い！」

「「「……」」」

「では、セロ、ウィル、マル、お金の使い方、どうぞ」

「「「口座作って、稼いだら半分入れて、パンを買ったら、残りをアーシュに」」」

「なんだよそれー」

「やっぱり尻にしかれてんだろ」

ギルド長口を出さないで！

「手元にあると、使っちゃうでしょ？　だからギルドの口座に最初から入れておくの。ザッシュが復帰すれば、もっと楽になるよ。やりくりは、マリアとソフィーですといいよ」

やってみよう！　ということになった。

来週からは、朝ご飯と昼ご飯のしたくだけ、一緒にすることにした。もちろん、ギルドを使わせてくれるよね？　ギルド長。

「忙しい時期はダメだぞ」

はい！

はからずも、ザッシュの怪我で、気になっていた問題は解決した。朝はギルドで孤児＋ギルド長＋剣の師匠の一二人での朝ご飯だ。マリアとソフィーがスープを作れるようになったので、

「アーシュは訓練してきなよ」

というありがたくもありそうでもない言葉により、剣の訓練に参加している。

昨日、ウィルが灯りを六個ともせるようになった。それが悔しくて、

「私なんか、動かせるもん！」

とウィルにぶつけてみたら、ほんとに動かせた。

「そのくらい、オレだってできるし」

とウィルもすぐできてぶつけかえしてきた。

灯りのぶつけっこは、

「まぶしいよ！」

とマルに怒られて終わった。

それが今日もくすぶっていて、剣の訓練の前にぶつけっこが始まってしまった。広い訓練所で、調子に乗って灯りが乱舞する。

「なにやってる！」

とギルド長のげんこつが落とされ、

「だってウィルが」

「アーシュが」

と訴えてまたげんこつ。

その日は正座で見学となった。正座ってなんだ。それならご飯を作りたいのに。

「アーシュ？」

はい、反省してます。

「お前ら二人、明日一時間早く来い、説教な」

そ、そんな。

その日の夜、灯りを六個出せるようになった。

次の日、誰もいない訓練所で、ギルド長は、

「で、灯りを出してみろ」

と言った。

ウィルと顔を見合わせて、一個出したら、

「もっと出せんだろ！」

と怒られた。

「ほら、二つは、うん、三つ、うん、四つ、おいおい、五つ、まだか、六つ、うん、七つ、は無理か」

やつぎばやに指示が飛ぶ。

「次、あれだ、灯りを動かせ。そう、グルグルできんのか。遠くには？　したことない？　あの的を狙え、あーできるな。的の裏側もできる？　やってみろ。あーできたか……」

なぜかしょんぼりしている。

「もしかして、風はどうだ？　なに、吹き荒れる？　やってみろ。うわっ？」

二人合わせてごうごうと吹き荒らしてやった。ギルド長、かつらじゃなくてよかったね。

「火はどうだ？　なに？　寝床が危ないからやらなかった？　ふーん。めずらしく分別があったな。

やってみるか？」

ウィルと相談していい？

「できるかな」

「灯りとおんなじ。人に当てなきゃいいんだよね」

「やってみるか」

「ここなら燃えないしね」

「「やってみる！」」

まずは一つ、的に向けて、大きさは、灯りくらい。速さは？　素早く。では、

「「いっくよー」」

「「はい！」」

できた。

「できやがった……おい、ちょ、待て」

「「次、ふたーつ。はい！　みーっつ、はいっ！　よーっつ、はいっ、いつーつ、はいっ」」

「待って、私六個はむりみたい」

「オレもだ。灯りとは何がちがうのかな？」

「込める魔力かな、灯りより使う感じがする」

「あと、操るのがむずかしいね」

「お前ら、いつもこんななのか……」

「ん？　生活魔法を工夫する時は、いろいろ考えるよ？」

「ふつうは、工夫なんかしねえんだ」

ギルド長は両手で頭をかきまわした。

「はああー。お前ら、昨日なんで怒られたかわかるか？」

「魔法で遊んだから？」

「なんでだめなんだと思う」

「……」

「昨日は灯りだったが、間違えて炎だったら？」

「！」

「わかったか。お前ら、それ生活魔法って言ってたけど、普通の魔法だからな？」

「魔法師と同じ？」

「ウィルならわかるだろ」

「うん」

「いいか、魔法を扱うやつがまず覚えることは、魔法を人に向けるな！　ということだ。わかるな？」

「うん」

「正直、危険だ。だからお前らには、俺が魔法を教えてやる」

「えっ？　ギルド長魔法師なの？」

「おい……」

「知らないのか？　アーシュ。ギルド長は若い頃けっこうやらかしてて」

「待て待て、それは知らなくていい！」

「かっこいいのに！」

「ふーん？」

「とにかくだ。週一で、早く来い！　あと、魔力循環を教えてやるから、普段やれ。家で訓練する時は、人に向けない。灯りと風と水のみ」

「「はーい」」

五の月半ば、魔法の訓練が加わった。

五の月は、ギルド長とウィルと一緒に魔法の日々だった。

怒られたけれど、

「大きくなければいいよね？」

と、極小の炎を一〇個作ったりした。

バレて怒られた。

そんなある日、

「魔力分けるくらいできるでしょ！」

と冒険者のパーティに怒鳴る人がいた。

魔道具師のアメリアさんだ。

「俺の魔法はダンジョン用なの。なんで魔石なんかに」

「その魔石で、生活が便利なんでしょうが」

「もとの魔石を取って来てるのも俺らだけどな。他あたれよ」

「領主様の依頼が間に合わないよー」

魔石は使い捨てではなく、補充できる。現実には、補充が間に合わず、新品を使うことが多い。

しかし、貴族やお金持ちは、大きい魔石を使うことが多く、大きい魔石は新品はなかなか出回らないのだ。それなのに、補充ができるほどの魔力があるのは魔法師だけで、魔法師はプライドが高く、魔力補充などなかなかしない。そうなると駆け出しの冒険者のアルバイトを雇うしかない。

「ギルド長ぉー」

「俺か？」

「ギルド長にはプライドなんかないですよねぇー。もう誰の魔力でもいいんですぅー」

「プライドあるけど」

「ギルド長のプライドなんかどうでもいいんですぅー。納品！　期限！　コレ絶対！」

「俺えらいはずなんだけどなあー。うーん、あ、おい、アーシュ、ウィル」

「「はーい」」

「アルバイトしないか？」

「「する！」」

よろこんで！　お金大事！

「アメリア、子ども使っちゃだめだったか」

「あらぁ天使たちね！　年齢制限はないけどぉー、小さすぎるんじゃなあい？」

「試し石あったろ」

「あー、ちょっと来てー」

「天使たちって？」

「それはまず、置いとけ」

アメリアさんは夫婦共に魔道具師で、魔道具のお店を開いている。店に並べるのは自作の魔道具で、魔石コンロやお風呂などの実用的なものから、ギルドで使う収納バッグまで幅広い。旦那さんはめったに姿を見せないが、二人そろって優秀だと評判だ。午後だけ魔石補充のために冒険者を狙ってギルドに出張してくるのだ。アーシュとウィルはギルドの補充課につれていかれた。

「これに魔力を注いでみてぇ」

「はーい？」

そっと魔力を注ぐと、二人とも紫になった。

「これは……」

「大人の魔法師並みか。しかも魔力量の多い……」

「これなら特大も行けるかしらぁ、ねぇ、これに魔力注いでみてぇ」

「おい、待て！」

これ？　あ、魔力がどんどんなくなっていく。ふ、と脱力しそうなところで石から反発が来た。

ウィル？　おんなじ？　うん、力が抜けたね？

「アメリア！　いきなりはないだろ！　子どもなんだぞ！」

「できたからイイじゃなーい。これで領主様の納品もバッチリね！　アルバイト代、一人二〇〇〇ギルよぅ」

「「え？」」

「間違いじゃねえよ。それらは、新品で買えば五〇万はいく。一ヶ月に一度は補充がいるから、アメリアはいつも手配が大変なのさ」

ギルド長が説明してくれる。

「も、アーシュ、お前ギルドに口座作ってやるからそこにためとけ。んで、毎日寄って、魔力使い切っとけ」

思わぬ収入になった。さっそく、セロとマルを連れてきた。二人は魔石小を補充できた。一個二〇〇ギルだ。私たちは、魔石大二〇〇〇ギルを担当することにした。特大毎日はつらい。

「パーティとして口座を作れる？」

「できるぜ？」

「じゃそれでお願いします」

「パーティ名は？」

うーん。みんなで首をかしげる。

「お前ら、教会住んでるだろ？　丘の上の天使とか、丘の上の子羊とか呼ばれてるぞ？」

なにそれ恥ずかしい。子羊は、私とマルが巻き毛だからだそうだ。ちょっと弱そう。

相談しよう。そうしよう。

「「「丘の上の子羊で」」」

パーティ名が決まった。

閑話　あるギルド長のひとりごと2

アーシュはすぐにセロのグループになじんだ。

もともとセロは、ウィルとマルを引き受けて文句も言わない、男気のあるやつだ。けど、ウィルとマルは兄妹だから、たぶんさみしかったんだろうな。ウィルがマルを大事にしてんのはよくわかったからな。兄妹の絆にはかなわねえ。だからアーシュが来て、アーシュをかわいがってるのがよくわかった。

子猫のかたまりみたいに、四人で仲良く暮らしてた。

けど、子猫どころじゃなかったんだ。

たった一ヶ月だっていうのに、セロとウィルの体つきががっちりしてきた。しっかり食べてる証拠だ。ギルドの訓練でも、恐ろしいほど体が動く。アーシュは、まあ、あれだが、比べる対象がセロとウィルとマルだからな……ふつうよりはできんだろ。

と思ってたら、セロのグループだけでなく、ザッシュのグループも立て直しやがった。あいつは、なんだ?

ギルドの部屋を借りて勉強だと言うから見に行ったら、金の使い方から、貯金のしかたまで教えてやがった。栄養っつの？　飯の食い方まで教えてる。なるほど、セロとウィルの体ががっちりしてきたわけだ。アーシュはちっこいままだけどな。

ギルドの銀行システムは、商業ギルドの銀行と共に、超古代技術だかなんだかでできている、安定したシステムだ。けど、大人でもうまく使ってるやつは少ないんだ。

それを使いこなすどころか、簡単な説明で子どもらを納得させていた。俺だってすぐさま貯金したくなったくらいだったぜ。いや、もちろん、ちゃんと稼いで貯金してるって、使う相手もいないしな。なんで嫁が来ないかって、大きなお世話だっつーの。まだ若いんだ俺は。

そんなこんなで過ごしたある日、訓練所でキャーキャー騒いでた。めずらしいなって思って見に行ったら、やつらが灯りを二人合わせて一〇個以上飛ばしてた。人に向けてたからすぐげんこつ食らわしたが、驚いた。

灯りをいくつも出すなんて、見たことなかった。だってそうだろ、そもそも二つ以上ともす必要がどこにある。灯りならいいけど、炎なら？　ちゃんと注意しないと、危険だろ？

けどな、なんかワクワクしたんだ。俺も魔法師だ。魔法の素質が大きいやつは、割と王都の学院に行く。そして、決まりきった魔法を習う。俺は魔力量が多かったから、冒険者として、けっこういいところまで行けた。もちろん、現役だぜ。

で、魔法の基本は、ボール系だ。で、次がストームなんだよ。ボール二つや三つなんて授業、なかったんだ。それをやつらは平気で飛び越えた。

次の日。呼び出してようすを見たが、アレは、なんだ。灯り六個って。それも自由自在だぞ？

あれ、炎で敵の裏側から当てたら……ゾクッとした。

もしかしてと思ったら、風の魔法も基礎はできていた。おそらく、水もできるだろう。では、炎はどうなんだ？

ちょっとした好奇心だったんだ。けど、え、二つ、三つ、四つ、五つ？　全部的に当てていた。しかも、さらに工夫しようとしてやがった。

ここまでやって、魔力切れもねえ。こいつら、子猫どころじゃねえ。ちゃんとしつけないとならない、大猫だろ。

俺が、育てる。

で、今からちょっと炎二つ出しに行ってくる。

アーシュ八歳六の月　朝食始まりました

六の月に入った。

結局、五の月までに、私とマルは一六〇〇〇、セロとウィルは二四〇〇〇、家計費として、魔石をパーティ費としてギルドに四〇四〇〇ギルためた。ベリーなどで余分に稼いだ分は、食費の充実に使った。今は何より、体を作ることが大切だからだ。

魔石の補充は、もちろんザッシュたちにも勧め、よい稼ぎになっている。ダンジョン上がりに子どもたちが補充していくのを見て、特に若いパーティも補充に参加するようになり、アメリアさんはほくほくしている。

「他の街でも、魔石の補充は大きな課題なのぉ。メリルで魔石が足りなくなっても、他の街から送られてくるのよ」

ということで、仕事がなくなることはないそうだ。

朝ご飯の時、ギルド長が、

「おい、お前ら」

と言った。

「朝食、出さねえか」

朝はギルドで作っているので、食テロになっているという。また師匠が自慢するものだから、食べたい人が出てきたらしい。

朝は今はマリアとソフィーが主に作っている。一二人分だ。

「何人分考えてますか?」

「とりあえず一〇だな」

「マリア、ソフィー、どう?」

「できるとは思うの。でも買い出しや作りおきがないと……」

「食器も足りないし……」

「ジャムは足りないね」

「廃糖蜜の他に、何か考えないとね」

「スープメインで、パンは黒パンのみでいいんじゃない?」

「とすると、スープは日替わりで、もっと種類を増やさなきゃ」

「利益率を考えると、スープとパン半分で三〇〇ギルくらいかな」

「おいおい、そこまでまだ……」

「「考えないと、できないでしょ!」」

「はい……」

マリアとソフィーは本当に頼りになるお姉さんたちだ。

一週間目は、メニューとお試しに費やした。

結果、
一の日　肉団子野菜スープ

二の日　肉団子野菜スープコミル味
三の日　干魚のスープ
四の日　肉団子野菜スープトマト味
五の日　干魚のスープコミル味
六の日　季節の野菜スープ
になった。
　黒パンはスライスして、廃糖蜜と、豆のペーストは自由につけていいことになっている。パンとスープのセットで五〇〇ギルだ。
　ギルドには、昼夜兼用の食堂兼飲み屋がある。そこを使わせてもらうことにした。
「五〇〇は高い気がする」
「宿屋でも屋台でもそんなもんだぞ？　冒険者はけっこう金を使うからな」
　宣伝もして、六の月の二週目。
　一瞬だった。
　売り切れに文句を言われた。
　毎日必死で増やして、三週目で二〇食。
　四週目で、三〇食。
　それで落ち着いた。さすがにそうなると、飼葉やさんや解体所もなかなか行けない。
　そこで、朝だけ働ける人を雇うことにした。二時間で五〇〇ギルを二人。近所の奥さん方を雇ってしのいだ。これでやっと、いつも通り訓練や、解体所に行けるようになった。専業でやったほうが稼げる？　その通りだが、つらい時に仕事をくれた街の人たちとの関係を切りたくなかったのだ。

　利益は半分。

　二週目は、二〇〇〇〇、三週目は、三〇〇〇〇、四週目は、三六〇〇〇。

　女子組のほうが、稼げるようになってきた。けど、これで終わりではなかった。

　六の月の終わりに、ギルド長が、

「なあ、お前ら、ランチやらねえ？」

と言った。

　ランチって。

「セロとウィルはわかってると思うが、メリルは七の月が『涌き』なんだ」

　涌きとは、ダンジョンの魔物が急に多くなる現象で定期的にやってくる。各ダンジョンで時期は異なるが、一年に一ヶ月ほど。メリルのダンジョンでは七の月だ。この時、きちんと間引かないと、魔物がダンジョンの外まで出てしまう。メリルにはダンジョンが一つしかないので大丈夫だが、王都にはダンジョンがいくつもあり、その涌きの対応のために、王国騎士団があるほどだ。

「メリルはあまり宿泊施設や飲食店がねえ。特に昼はいつも問題になるんだよ。だからな、お前らの弁当のサンドな、あれを屋台で出せ」

「やっと朝食が落ち着いてきたのに……」

「ダメか？」

　私はソフィーと相談を始めた。

「うーん、奥さんたちをもっと雇って、前日から準備すれば……」

「食器も場所もいらないしね……」

「メニューはどうしよう」

「日替わりにしないで、毎日卵と鳥ね」

「オレ、甘いやつがいい」

とセロが言う。

「そうなの？　知らなかったー」

「ちょっと恥ずかしいだろ……でも疲れた時、甘いのうれしいんだ！」

「じゃあ、ジャムと廃糖蜜と」

「あー、俺豆のペースト」

「ギルド長、豆好きだねー」

結局、卵と鳥を三〇〇ギル、豆のペーストとジャム、廃糖蜜を小さいパンで二〇〇ギルで売ることにした。

「売り子さんを雇おうか」

「いや、お前らやれ」

「なんで？」

「メリルの冒険者に推されてんだよ。ちっこいほうが、いじらしいだろ」

「えー」

「各二〇ずつでいいかな」

「朝食の時の反省を生かせ……」

「じゃあ、三〇ずつで」

アーシュ八歳七の月　ランチ始めました

奥さんたちも雇って、買い出しの手配もし、包み紙も用意して、さあ、「涌き」の七の月が始まる。この日のためには、私とマルとマリアとソフィーは、新しく服を買った。もちろん、古着だ。私が、目に合わせたタンポポのような黄色。マルがペールグリーン。マリアとソフィーは、きれいな金髪青目だから、淡い色が映える。だから薄いブルーとピンクだ。大人は足首まであるワンピースを着るが、私たちはまだ子どもだから、膝より少し長めのワンピース。マリアとソフィーはちょっと背伸びしてもう少し長め。ザッシュたちもセロとウィルも、なぜだか口元を手で覆い、そそくさと出かけてしまい、ほめてくれなかったが、お手伝いの奥さんたちがほめてくれた。そして、いつもよりパリッとした白いエプロンをして、屋台に立つ。

屋台といっても、ギルドの長机を持って来て、真っ白なシーツをかけただけ。鳥、卵、豆、廃糖蜜、ジャムと、中身が見えるように一個ずつおいてあり、豆と廃糖蜜とジャムは、小さくパンを切って、味見ができるようにしてある。

もちろん、小銭の用意も欠かさない。忙しい中見に来てくれたギルド長は、

「お前のアタマの中身を知りたいよ……」

となぜかあきれて帰って行った。

さあ、準備万端だ。宿から冒険者たちがギルドに流れてくる。

「めずらしいわね、メリルで屋台なんて！」

剣士の女の人が声をかけてくれた。

「お昼にいかがですか？」

「肉はあるか？」

他の剣士の人が言う。

「鳥と卵です」

「これは？」

と女の人。

「味見してみてください、疲れた時は甘いものがおすすめですよ」

「ん、おいしーい」

「どうする？」

「悩んでるなら先いいか？」

「あ、お兄さん、いつもお世話になってまーす」

朝ご飯を食べに来る人だ。

「ザッシュたち、いつもうらやましかったんだよ。やっと子羊ランチが食べられるな」

「子羊ランチって……」

「はは、まあ、卵と鳥くれ」

「はーい、六〇〇ギルです」

「ほらよ！」

「ありがとうございまーす」

「私たちも、鳥と卵、四つずつね、あと、ジャムと廃糖蜜……」

「そんなに食べんのか?」

「うるさいわね、甘いものは別腹よ!」

「明日もやってますから、順番でどうですか?」

「そう? じゃ、今日はジャムからね」

「はい、では全部で二六〇〇ギルです」

「計算早いわね……」

そこからはあっという間だった。朝食の常連さんは間に合わなくて悔しがってる人もいた。

次の日から、鳥と卵を一〇ずつ増やして、それでも売り切れが続き、大評判のうちに涌きが終わった。
六、七の月は、販売で怒涛のように過ぎ去ったが、午前中買い出しと下ごしらえをすませてしまえば、案外午後は楽だった。日も長い。解体所でまめに働いたら、セロとウィルの帰りを待って、日が沈むまで、市場で遊ぶことが多くなった。
市場には、街の子も遊びにくる。親のいる子は、午前は学校に行き、午後は手伝いや遊びだ。孤児の子たちと接点はなかったのだが、ここで初めてぶつかることになった。

「孤児はどっかに行っちゃえ!」

などとはやす子もいたが、現実には、荷物運びとして働き、ギルドで訓練もしているセロとウィルとマルのほうが、ずっと強い。私は……うん。

別に弱いやつが騒いでてもどうということもない。ということで、やりました、現代日本の遊び。これぞチート。まずはだるまさんが転んだ。だるまはなかったので、その時によって、「ギルド長」「王さま」「領主さま」などを転ばせた。そして、色鬼。

さあ、釣れましたよ、子どもたちが。結局、街の子も、孤児も関係なかった。その中で一番盛り上がったのが、ドロケイだ。ケイドロというところもあった。警察もドロボウもわかりにくいので、騎士団と盗賊ということにした。騎士団？　見たことないけどね？　最初騎士団が人気だったが、盗賊が出し抜くのもおもしろく、拮抗した。

街の人も、温かく見てくれていた。

そんな中、ある日セロが、

「学校って、どんな？」

と言い出した。

街の子のリーダーのダニエルが、教科書を見せてくれる。書き方、計算、歴史、地理だ。ダニエルはセロとウィルと同じ一〇歳なので、初等学校の上級になる。

学校に行ける子は、八、九歳で初級、一〇、一一歳で上級となり、読み書き、計算、メリダ、つまり自国や世界の歴史、地理などを習う。一二歳からは、試験に合格すれば王都の学院に行ける。そこで三年間だ。

けれど、孤児や、貧しい子は学校には行かない。

識字率は、そこまで高くないのだ。

セロは、地理の教科書を見て、

「これ、読みたいな……」

と言った。そうだ、セロは冒険者になって、遠くに行きたいのだ。憧れるような目をしていた。

「オレ、教えようか」

ダニエルが言った。

「いいの？」

セロの目が輝いた。

そこから、青空教室が始まった。冒険者ならギルドの掲示板も読めたほうがいい。みんな、字は習いたかったのだ。すると、それを見た野菜やのおばあさんや街の人が、子どもや孫が昔使っていた古い教科書をくれた。それをみんなで大切に使っている。


ダニエルは、ダンと呼ばれていて、街一番の商人の子だ。特に不自由もなく、やりがいもなく育っていて、学校の勉強だってそんなに好きではない。どうせ父さんの跡をつぐだけだ。忙しくても、毎日楽しそうなセロたちがうらやましかった。冒険者にもなってみたかった。わらの布団にみんなで寝るって、どんなだ。窓もないんだぜ。

そんなセロたちが、頼ってくれた。でも、教えようとしても、初級のことですら忘れてる。セロたちの質問に、うまく答えられない。だめだ、これでは。

ダンは家に帰ってから、毎日勉強し直した。特に、歴史と地理は、セロがよく質問する。学校で習ってないことも聞かれる。家で、父さんにも聞いて勉強した。本も読んで、そのことも教えた。

気がつけば、八の月には、初級の二年は教えきっていた。学校の成績は一番になっていた。

そして、お陰さまで、私も初級まで終了です。マルは集中力が続くか不安だったが、ダンの教え方はうまかったし、マルは何でも一度で吸収した。教室に行けなかった日は、行った子が他の子に教え、孤児たち全員が初級を学ぶことができたのだった。この時始まったダンとセロとウィルの友情は、生涯続いた。

私がすべて、背負わなくてもいい。

手をつなげば、世界はどこまでも広がる。

前世で大学まで行っていた私は、いずれセロたちに勉強も教えようと思っていたが、メリダ語も読めず、地理も歴史も知りませんでした、役立たずでした。

七の月も稼いで、魔石補充が、二四万ギルにもなって、気になっていたことを聞いてみることにした。つまり、教会って、不法に住んでるの？　ってこと。お金が稼げているなら、きちんと借りたい。そうすれば、教会と牧師館を、罪悪感なしに使えるから。

そうとなればギルド長ギルド長。

「あそこは領主預かりだな。孤児が使ってるのは、黙認だ」

という。

「なに？　特大魔石の補充の代わりに、正式に借りたい？　なんでまた……冬に向けて、うまやじゃなく、建物を使いたい、そ、そうか、それもそうだな……わかった、聞いてみるわ。え、できれば敷地の収穫も自由に？　わがままだな、え、朝ごはん作らない？　いや、待て！　交渉してくるから……」

　はい、教会正式に借りました。一ヶ月特大魔石、四個の家賃です。


　一方、領主館では、領主とギルド長がこう話していた。

「それにしても、黙って使ってても気にしてなかったのにな、変わった子どもたちだな」

「そうですねぇ、いっつも驚かされるんです、いい意味でね」

「特大魔石を補充できるほどの魔力持ちか、いずれ学院送りかな」

「本人がどう思うかですよ。まだ八歳なんで、ようすを見ましょうや、領主」

「グレッグ、お前もそろそろ嫁を……」

「いやいや、まだ若いんで、ギルド長忙しいですし、じゃこれで！」

アーシュ八歳八、九、一〇の月　冬支度

八の月から、朝ごはん三〇食と、ランチ二〇組が正式に採用されたので、飼葉やさんと、解体所は時々のお手伝いでよくなった。利益は多少減るが、近所の奥さんたちを多めに起用した。親のいない私たちに、常識を教えてくれるありがたい存在だ。ランチのパンに塗っていた獣脂についてけっこう問い合わせがあったので、作り方を解体所に公開することになった。これは、後での目的もある。

そこで、商業ギルドにも入り、口座も作りました。獣脂は、余っていた皮や脂肪の有効利用にもなり、雇用にも結びつくので感謝された。感謝だけでなく、いわゆるアイデア料、つまり特許権みたいのがあるらしい。利益の三割が普通らしいが、今後の普及のことを考え、五パーセントのみとし、五年後更新とした。子どもだからかとあきれられたが、生活費は自分で稼げる以上、あぶく銭を追うべきではない。それに、いずれメリル以外の解体所にも普及していくんだから。……これは、アーシュ個人の資産とさせてもらう。

そして、余った時間で、教会の冬支度を始めた。早いって？　いやいや、あと三ヶ月ですよ。

みんなで探険して、牧師館そのものは手をつけないことになった。使うのは、教会の裏の部屋だ。八畳ほどの部屋の奥に、その二倍ほどの部屋があった。この二部屋を使う。入り口の部屋を台所にし、衝立(ついたて)を立てて室内でお風呂に入れるようにする。奥の部屋には、テーブルと椅子が二脚置いて

あったが、それを端に寄せて、わらを厚く敷きつめる。

その上に、飼葉やさんでもらっておいた、豆や燕麦の袋をよく洗って乾かしたものを切り開いて、絨毯のように敷きつめる。これで、一二畳ほどの、土足禁止の暖かい場所ができあがった。あとは、布団の袋を作って、わらを詰めるだけだ。わら布団は、この世界では割と一般的なものなのだ。四人で寝転がっても、まだまだ余裕がある。

さらに、本格的な冬に入る前に、敷き布団と毛布の代わりになるキルトを作ろうと思う。これは集めた古着を縫い合わせて作る。本気でやれば一枚に一年かかるほどの美しい作品ができあがる。しかし、簡単に作ればあっという間にできあがる。集めておいた綿毛草が大活躍だ。

ザッシュたちも見に来て、泊まりに来ると言っていたので、たくさん作ろう。

寝込んでばかりだったけど、ほんとはかあちゃんにも、教えてあげたかった。二人で並んで針仕事したかったな。今度は元気な体で、私みたいに生まれ変わってるといいな。

九の月になる前に燕麦も商品化された。オートミールだ。

これは、面倒だったので正直助かった。特許権を言われたが、断った。低価格で栄養価の高い穀物は、セロとウィルのようにやせている子どもを減らせると思ったからだ。代わりに割引で買えるようにしてもらった。

そして、九の月、一〇の月がきた。収穫月だ。

教会の敷地には、なし、ぶどう、りんごなどの果物が半野生化してなっている。くるみも一本、山には栗もあった。一〇の月には、エルダーベリーもなり、夏の間ずっと取れていたブルーベリーの代わりになる。

この頃には街の子の遊び場は、市場から教会に移っていた。山遊びと収穫だ。好きなだけ取っていく代わりに、収穫物の手伝いもさせ、いや、してもらっている。代わりにと親から時々お礼の品が届くのもいい。どうせ私たちだけでは取りきれないのだから。収穫し、乾燥させ、大騒ぎだ。魔力は収穫に使うため、魔石の補充があまりできず、アメリアさんに文句も言われたが、保存食は大事なのだ。

九の月の半ば、

「あのさ」

とダンが言う。

「オリーブの木がたくさんあるぜ？」

「でも、しろうとには手が出ないもん」

「オレに考えがある」

「任せるよ」

オリーブは加工しないと食べられない。さすがにその知識はなかった。

その夜ダンは、父親に話を持ちかけていた。

「父さん、相談があるんだ」

「なんだね、珍しいな、ダン」

「友だち、セロのところ」

「ああ、孤児の子かい」

「オリーブの木があるんだ」

「確かに、以前はかなり収穫してたねえ」

「代わりに収穫してやれないかな」

「さてね、ダンが勉強をやる気にさせてくれた子たちだよね」

「うん、がんばってるんだ」

「感謝はしてるよ。でもそこまで親に頼るのはおかしくはないかな?」

「でも」

「彼らは、大人に頼って生活してるのかい」

「違う!」

「じゃあ、君は私に頼りっぱなしでいいのかい」

「……」

「……」

「オレ、収穫はできないけど、下草は刈れるよ! 収穫する準備は、一人でがんばるから、収穫はお願いします!」

「よく言った。一週間、時間をあげるよ」

「うん、ありがとう!」

部屋を出ていくダンを見て父親はつぶやいた。

「セロくん、ありがとう……」

と。

そこから、ダンは一人で下草を刈った。遊びもしないで、切り傷を作ってもやめなかった。オリーブの木が五本、姿を現した時、

「やあ、ダン。セロ君、ウィル君、そしてああ君たちが噂の子羊かい。なんてきれいな子たちなんだ！」

「アーシュとマルだ。父さんのことは気にしないで！」

「ひどいなダン、女性はほめてこそだよ」

「いいから早く！」

ダンのお父さんと男たちがやってきて、手際良くオリーブを収穫していった。ダンのお父さんはダンと同じ、優しいヘーゼルの瞳と薄茶の髪の毛だ。明るくて少し軽い。

「持ち込んだオリーブの三割を手数料でもらうよ。塩漬けなどにせず、すべてオリーブオイルでいいんだね。楽しみに待っててな」

「「「お願いします」」」

「ところでこの山、フフ茸が生えるんだよ、知ってた？」

「フフ茸？」

「いい香りのするきのこでね、見つけたら買うから、持ってきてね。私は王都のフフクラブの会員なんだよ」

「フフクラブ？」

「毎年よいフフを持ち寄って品質を競うんだよ。ここのところ負けっぱなしでね。じゃあ、オリー

ブオイルができたらもってくるよ」

「ありがとうございます」

オリーブオイルは一四びんにもなった。オリーブオイルはメリルの特産で、ダンのところは、オリーブオイルの大商人なのだ。

これをもって、私の石けん計画は始まった。獣脂とオリーブオイルを使った、石けん作りだ。灰と水で、濃いアルカリ液を作り、温めた油に入れていく。本来、かなりアルカリ度が高くないと固まらないのだが、世界の違いか、きれいに石けんになっていく。アルカリと、温度、油の量を、きちんと計って実験していった。一〇の月の終わりには、確実に作れるようになっていた。お風呂でもアワアワで大好評だ。

ところでフフ茸だが、おもしろがって探したら、マルが見つけた。群生地だ。

「くさいよ?」

という通り、子どもには苦手な、アレだ、マツタケ的なナニカだった。

「どうする? 高く売れるよ?」

「オレね、これは、ダンの父さんにあげたらイイと思う」

「えー、セロ、なんで?」

「オレたち、十分稼いでるだろ」

「うん」

「これ、オレたちの努力の成果じゃあないよな?」

「偶然だよね」

「お世話になった人に、返してもいいんじゃないかな」

「「「さんせーい」」」

ということで、ダンのお父さんを連れてくると、気絶しそうなくらい驚いたので笑えた。

「ほんとにもらっていいのかい？」

「平気です」

「じゃあ、クラブの仲間をあっと言わせてくるよ」

今年は断トツで一位だったそうだ。

「僕がいつでも、この子たちの後見になろう」

ダンのお父さんはそう誓ったと、後で聞いた。

そして、いよいようまやから教会に引っ越しだ。

説明しよう。

入り口の部屋には、ついに、ついに魔石コンロをアメリアさんから買った。しっかりしたもので、二つで五万ギルだ。教会側には、魔石トイレ。魔石で分解するスグレモノだ。衝立の中には、簡易お風呂セットがある。水は魔道具に井戸から補給して、それを魔石で温めるしくみだ。お風呂の排水も、魔石で吸収だ。これらで一〇万。奥の部屋には、なんと！　魔石ストーブが残っていたので、暖房も困らない。

お金もできて、かまどからやっと魔石生活に突入した。しかも、魔石は自分たちで補充し放題でお金もかからない。

引っ越しの日。

お風呂に入り、コンロで料理して、キルトとわらの布団にもぐりこんだ、ウィルとマル、そしてセロと私。

「あったかいね」

「うん」

「たのしいね」

「うん」

「おやすみなさい」

「おやすみなさい」

暗闇が暖かい。

アーシュ八歳一一の月　初めての泊まり客

教会に引っ越しして一一の月。朝起きて、顔を洗ってギルドに行き、朝ご飯の支度をして、途中から剣と魔法の訓練をし、朝ご飯を食べ、ランチの用意をしがてら、ギルドの朝食を出し、サンドの販売をし、次の日の朝ご飯とサンドの下ごしらえをする。

間に合えば野菜やのおばあちゃんの手伝いをしたり、キルトを縫ったりし、午後からは解体所で働き、セロとウィルを待って魔力補充をして、帰ってお風呂に入って夕ご飯。マルは縫い物はちゃんとできるようになったが、あまり好きではないらしく、私が縫い物をしている間は市場の手伝いをしている。私たちから離れて、大人の間に平気でいられるようになった。

このリズムに、勉強が加わった。帰る前、ギルドの部屋で、ダンが初等学校上級の授業をしてくれるようになったのだ。三〇分ほどの短い時間で少しずつ、そして、夕ご飯の後でみんなで復習する。ザッシュたちは、参加できないこともあるので、そんな時は夕ご飯後に教会にやって来て、みんなで教え合う。部屋が広くなったのでそのまま泊まっていくし、ダンもしょっちゅう泊まりに来るようになった。ようす見だと言って、ギルド長まで一度泊まりに来た。

そんなある日、

「おい、お前ら」

ギルド長だ。これは、また、面倒くさいことか？　隣に、冒険者が一人立っている。

「今日、コイツ泊めてくんねぇ?」

誰?

「あやしいもんじゃねえよ、まだ若いがB級冒険者だ。今日にかぎって宿屋が一つも空いてねえんだよ」

「ギルド長のとこは?」

「公平性ってヤツ? 一人だけ優遇はできねえんだよ」

「ギルドは?」

「最終手段だ、寒いんだわ」

「子どもと一緒の大部屋で雑魚寝だよ?」

ギルド長が冒険者に振り向く。

「構わねえ、野宿よりマシだ」

と冒険者。

「オレはいいよ」

とセロ。

「「うん」」

初めてのお客さんだ。

「俺はアレス、一八歳、B級、剣士だ」

「セロ、ウィル、荷物持ちをしてる。で、アーシュ、マル、あー、妹? だ」

「「いもうと!」」

妹って、うれしいね。そういえば私とマルは、職業はなんだろね？　家事手伝いかな。ともあれ、

「よろしくな」

「「「うん、行こう」」」

大きなお兄さんのお客さんは、なんだかウキウキした。いつもより多くパンと食材を買い、教会まで話しながら歩く。意外と話しやすいお兄さんだった。アレスはパーティを解散したばかりで、メリルでソロでやり直すつもりなんだとか。メリルにはダンジョンは一つしかないけれど、深層まであり、初級者からベテランまで、誰でも利用しやすいのが特徴だ。

解散した理由は、魔法師の女の子に、パーティの仲間を取られたからだって。

「オンナって、コワイな」

ココにもオンナはいますよ？

「どこに？　ちっこくて、見えねえな」

ココだよココ！　マルと二人で背伸びしてみせるとなでられた。笑いながら教会についた。

「いらっしゃい！」

みんなで改めて声をかける。それから、

「先にお風呂どうぞ。セロ、石けんとお風呂の使い方お願い」

とセロに声をかけた。

「お湯はここで。これ、こうすると泡立つから、これでこすって、そう。お湯はたくさんあるから大丈夫。荷物はここで」

その間に調理だ。今日はきのこと肉団子のスープと、コッカの胸肉のハムにする。

「さっぱりしたー。お、うまそうだな！」

お風呂上がりのアレスが言った。

「そうだね。じゃあ、いただきましょう」

「うめえ……」

でしょ。だてにギルドで朝食出してないからね。


お布団を用意して、その後勉強をする。アレスは、こう見えて王都の学院を出ていたので、復習の手伝いをしてくれた。

「明日は早めにギルドに行って訓練だから。朝ご飯とお弁当は、ギルドで出してるからそこで。アレスは好きなようにしてね」

と声をかけておく。

「アレス、他の街の話をしてよ」

セロは遠くの街の話を聞きたがる。

「そうだな、海辺のダンジョンの街はな……」

海か。とうちゃんとかあちゃんとも、海の街は行かなかったな。行ってみたいな……。

「寝ちゃったぞ？」

「アーシュは小さいから、疲れちゃうんだ。小さい声で聞かせて」

「……魚がうまくてな……」

今日は海の夢を見るだろう。

「おい、お前ら」

はい、来ました、おいお前ら。

「コイツら、今日泊めてくんねぇ？」

大きい人とそれより小さい人だ。

「アレスがいるから……」

「あと何人かいけんだろ」

ギルド長は、泊まりに来たことがあるから、結構広いのは知っている。泊めるんじゃなかったかな……。

「子どもたちと雑魚寝だけど、いいの？」

「野宿よりは、マシだ」

小さいほうが言う。

「俺も、別に」

とアレスが言うので、

「じゃあ、いいよ」

ということになった。

ちなみに、なんでアレスかというと、あれからずっと泊まっているのだ。セロが喜んでいるからいいけど。最初遠慮して来なかったダンやザッシュたちも、平気で遊びに来るようになったし。

うーん、したくするご飯多いな。

「エスター、一七歳、Ｂ級魔法師」

「スタン、一九歳、Ｂ級剣士、盾役だ」

なるほど、大きいわけだ。

魔法師と聞いて、今度はウィルが喜んだ。

帰り道、けっこうお話をした。エスターとスタンは、四人パーティを組んでいたが、剣士の二人が魔法師の女の子に取られたんだって。

「オンナって、コワイな」

「だよな」

って、アレスと意気投合しちゃってる。

え、なんでこっちを見る？

「いずれはこいつらも……」

「ご飯、いらないの？」

「「すみません……」」

やっぱり、石けんとお風呂は大喜びだった。

ご飯も、うまいうまいと言っている。

スタンは、話さないの？

「ん、別に」

そうか。無口なんだね。

寝る前、灯りをいくつつけるかという話で盛り上がった。やはり、魔法師は一つ出すことしか考

えないそうだ。私もウィルも、一〇個まで出せるようになっていたので、エスターが悔しがってい
た。

結局、一〇個出せるまで泊まっていき、一二の月の終わり、三人パーティとして出ていった。

ちなみに、一人一泊、二〇〇〇ギルずつもらっていたので、経費を差し引いても、二〇万近い収入になったのだった。

これをきっかけに、私は大きな決意をした。

閑話　ある若い冒険者の思い

俺はアレス。一八歳、剣士。ツレはエスター、スタン。魔法師と盾役の剣士。Ｂ級の三人パーティだ。

当時、俺はパーティ組んでた魔法師のオンナに振り回されて、結局メンバー引き抜かれて、一人で腐ってた。メリルでやり直そうと、着いてすぐダンジョンに潜ってたら、宿を取りはぐれた。メリルは宿を取りにくい。冬に野宿はな……。

と思ってたら、ギルマスが、ちっこいの四人組に頼んでくれた。

「俺たちの時もそうだったよね。またかって目で子どもたちに見られて、ちょいびびったよ」

エスターが言うが、俺は初めての客だったからな。そんな目では見られなかったな。こぎれいで、あまり見ないくらいのきれいな子たちだった。

連れて行かれたのは、廃屋か、と思ったら、古い教会だそうだ。

中に入ったら、

「そう、あのお風呂、驚いたよね。お湯をたっぷり使える宿屋なんて、そうはない。それに、石けん、ての？　自分の汚れっぷりには、驚いたわ」

そうそう。

また、夕ご飯のうまいことと言ったらなかった。ギルドにも出してるって、お前ら、何歳？　八歳、そうかー、なら仕方な、いやありえんだろ！　て感じ。

「ちっこいのにな」

そう。

雑魚寝って言っても、あのフワフワのキルトにつつまれて、暖房まで入ってて、まあちっこいのはさっさと寝ちゃうし、全然いけた。

「俺とスタンが入っても、全然狭くなかったしなー」

いや、スタンは、結構場所とってたぞ？　なに？　大きくてもエスターほど寝相は悪くない？

あー、確かにな。

四人とも一生懸命暮らしてた。孤児だってさ。俺たち、あの年のころ、ただ遊んでただけだったのにな。学校にも行けねえで、でも、しっかり勉強もしてる。そんなこんなで居心地がよくて、二ヶ月近くも泊まっちまった。

「おかげで気心も知れて、お前とパーティ組めて、ほんとよかったよ」

オンナはもういいよな。

何、スタン？　え、アーシュが言ってた？　なにを？

「モテない残念イケメンたち」

ほっとけ！

また、泊まりに来るさ！

アーシュ八歳一二の月　決意

ギルド長の策略かもしれないけど、朝食、ランチ、宿泊とこなしてきて、宿屋としてやっていけるのではないかと思いついた。

幸い、魔石補充などで、資金の余裕もある。教会の他の場所か、牧師館を手直しして、雑魚寝で一組程度なら、今の私たちでもやっていけるのではないか。となったら、まずはみんなに相談だ。

「セロ、ウィル、マル、ちょっといいかな？」

「「「なに？」」」

「これからのことなんだけど」

そう話しだした。

「セロとウィルは、冒険者が目標でしょ？」

「うん！」

「あの時、私まだ、やりたいことなかったんだけど、アレスたちを泊めてみて、冒険者向けの安い宿屋をやりたいと思ったの」

「……」

「牧師館をちょっと修理して、一日一組くらいなら、なんとかできないかな」

「ちょっと待って！　オレは反対だ！」

「……セロ、なんで？　確かに大変かもしれないけど」

「ちがう！　そんなこと言ってるんじゃない！」

「なら……」

「わからないのか！　じゃあ、もういい！」

セロは外に出ていってしまった。

「ウィル、マル、どうしよう、セロが」

「大丈夫、ちょっと頭冷やしてるだけだよ」

「でも、怒ってた……」

「怒ってた」

マルが繰り返す。

「なあ、アーシュ」

ウィルが言う。

「お前さ、いっつもしっかり生活すること考えてるよな」

「うん、だっておなかすかせたくない」

「そのさ、生活の中に、オレら入ってる？」

「え……」

「オレたちさ、冒険者になるだろ、そしたら遠くの街にも行くだろ」

「それが夢だよね」

「うん、その時さ、アーシュはどこにいるの？」

「どこに……どこに？」

「マルはね、お兄ちゃんと一緒に行く」

「マル……」

「だから剣の訓練もしてる。二年遅れだけど、パーティに入れてもらうんだ」

「なあ、その時アーシュ、お前はどうしてる？」

「だって、私剣は……」

「確かにうまくはない。けど、ヘタでもない。オレたちとくらべるとイマイチだけど、平均よりいいって師匠言ってたぞ」

「え……」

「それにな、お前、剣士か？」

「ちがう」

「魔法師だろ」

「魔法師……」

「大人より多い魔力量、絶妙なコントロール、斬新な発想」

「え……」

「エスターが、言ってた」

「魔法師として、みんなとパーティを組む……」

「そうだ。たぶん、セロはそう考えてた」

「セロ……」

「なんで怒ったか、わかるな？」

「うん、一緒の未来を、考えなかったから」

「じゃあ、話してこい！」

「わかった！」

私は教会の外に出て、セロを探した。セロはうまやのところにいた。

「セロ！　ごめんね」

「……オレこそ、悪かった」

「ううん、ちゃんと考えてなかった、私がいけないの」

「せっかく、仲間になったんだから」

「うん」

「いつも一緒に、いたいだろ」

「うん！」

「オレたちだけ冒険者になって、離れてもいいのか？」

「よくない」

セロがほっとしたように笑う。

「でも、セロ、私ね、宿屋はやるよ」

「お前！」

「冒険者になるまで、三年もある。やれるだけやってみたいの」

「一年後は、荷物持ちになるんだぞ？」

「朝食やランチと一緒だよ。一人でやらずに、みんなを巻き込むんだよ」

「大変だぞ?」

「大変だね」

「いやな客も来るぞ?」

「どうしようか」

「やるんだな?」

「うん」

「仕方ないな」

冬の夜空は、きんと澄んでいる。

「戻ろうか」

「うん」

人生は、先に進む。


さて、決意の実現のために、私は賭けに出る。

「石けんを使うの」

「石けん?　確かに評判がいいけど」

「次の日曜日、手伝って?」

「「わかった」」

ギルド長ギルド長。

「なんだ？」

大切なお話があるのですが。

「言ってみろ」

えっと、できれば、ダンのお父さんと、領主さまと、解体所の工場長と、その奥さま方に、聞いてほしいんです。

「……なにを企んでる？」

人聞きの悪い！　損はさせませんよ。

「……悪徳商人か、お前は」

ちがいますって。

「大切な話なんだな？」

はい。

「まあ、お前らには結構無理させてるからな」

わかってたんですね。

「まあな、っていやいや、そんなことは、ゴホゴホ、とにかく、調整してみっから」

賭けの日は、一三の月一週目、七の日に決まった。

アーシュ八歳一三の月　賭け

　前日は、全員でピカピカに体を磨き立てた。特に私とマルは、見本になる。石けんで髪を洗い、酢でサラサラに、最後にオリーブオイルでつやを出す。つやつや子羊ヘアだ。夏に買った黄色とペールグリーンのワンピースにパリッとした白いエプロンを着て、いざ領主館へ！

　領主館は初めてだ。本物の執事に、おそらく応接室だろう部屋に通された。既にみんな待っていた。思い切り、息を吐く。

「今日は、集まってくれて、ありがとうございます」

　子どもらしく。

　まずは領主さまだ。領主さまは息子が成人して王都にいるのに、四〇歳を過ぎても若々しい人だ。

「やあ、はじめまして。魔石はいつも助かってるよ」

「こちらこそ、教会を使わせてくれて、ありがとうございます」

　次にダンのお父さんだ。相変わらずダンディな感じだ。

「セロくん、アーシュちゃん、元気かい？」

「おかげさまで」

　最後が工場長だ。今日はジャケットを羽織って髪をなでつけている。バカにせずに、おしゃれをして来てくれたんだね。

「獣脂は順調だぞ、手伝いに来い」

「はい！」

おまけがギルド長だ。

「……」

「よろしくお願いします」

私はみんなを見渡す。

「さて、今日は提案とお願いに来ました」

「提案とは何かね？」

テーブルの向こう側で領主さまが言う。

「はい、まずはこれを」

「石けんか！」

とギルド長。領主さまがけげんそうに聞く。

「石けんとは、何かね」

「汚れをとるものです。セロ、お願い」

たらいと石けんで、わざと油で汚した手を洗う見本を見せる。

「このように、油汚れでもきれいになります」

「ほーお」

「みなさん、やってみませんか？」

と声をかけると、静かに見ていた奥さま方がいそいそと手を洗いに来る。

「まあ、アワアワでつるつるになるわ」

子どものようにはしゃぐ奥さま方に、さらにおすすめする。

「手だけではなく、体中に使えますし、洗濯にも使えます」

ダンのお母さんが振り返ってじっと私たちを見て言った。

「ずっと気になってたのだけど、あなた方のその髪……」

「はい、石けんで洗って、ダンのお父さまのところのオリーブオイルで仕上げてあります」

「まあ、ツヤツヤね……」

「あなた、これほしいわ！」

「私もです！」

三人ともすごい勢いだ。領主さまがふむ、とあごに手をやる。

「肉の油汚れも取れそうだな」

「もちろんです」

「で、きみ、アーシュ君だったか」

「はい」

「それを売りに来たのかね」

「ちがいます」

「ちがうって、きみ、では何をしに」

「提案、と言いました」

「提案……」

「はい、石けんの製法を公開します」

「製法……なるほど、そこでお願いか……」

「はい」

つかみはオッケーだ。さあ、領主さまと勝負だ。

「では、改めて聞こうか」

「この二つの石けんを比べてください」

「こちらは、少し獣脂のにおいがするな、こちらは、オリーブオイルか」

「その通りです」

「なぜ二つを？」

「石けんの原料はお察しの通り、油です」

「なるほど」

「原価に、差が出ます」

「ふむ」

「獣脂は普段づかいに、オリーブオイルは、高級志向で売れるはずです」

ここで奥さま方に話を振る。

「奥さま、オリーブオイルの石けんの匂いはどうでしょう」

「さわやかね」

「これに香りをつけることもできますよ」

「まぁ」

「いかがでしょう」

「これは、高くても買うわ。そして、お友だちに自慢するわ」

「余った獣脂と」

と工場長。

「オリーブオイル」

と、ダンのお父さん。

「工場を作って雇用も生まれる……」

と、領主さま。

「王都で、はやると思うわ」

と奥さま方。

「で、お願いとは、何かね」

　領主さまの目が鋭い、ような気がする。がんばれ、私。

「まずは特許料です」

「通常、三割だが、完全なオリジナルだ、釣り上げる気かね？」

「逆です」

「逆？」

「一割に下げます」

「アーシュちゃん、ちゃんと考えるんだ、大事なことだよ！」

　ダンのお父さんがあわてて声をかけてくれる。

「はい、考えました。一割に下げる代わり」

「条件か、なんだ?」

「教会と牧師館の、改修をお願いしたいのです」

「それだけかね……」

「来年三の月までに、住居と宿屋として整備してほしいのです」

「アーシュ、お前、宿屋をやってくれるのか!」

ギルド長が叫んだ。

「はい、とりあえず三年間」

「アーシュちゃん、おそらく特許料は、改修のその何倍もいくよ。その条件では、アーシュちゃんが損をする!」

「はい、将来的には、そうでしょう。でも、私たちには、この先三年間に、教会の改修がすぐに必要なんです」

領主さまがこう提案してくれる。

「特許料を担保に、貸し付けもできるが……」

「いいんです。一割でも、大人になるまでに、十分な財産になるはずです。今の希望の実現と、そして、少しでもメリルの役に立つのならそれで。それに、友だちのお父さんだし……」

「アーシュちゃん……」

ダンのお父さんが言葉に詰まり、セロとウィルがにっこりとうなずいた。領主さまがパン、と両手を合わせた。

「気に入った！　それで手を打つ！」

「ありがとうございます！」

賭けに勝った。ホッとしてマルと抱き合っていた私に、思わぬ災難が。

「じゃあ、アーシュちゃんとマルちゃん、おばさまたちと、別の部屋に行きましょうか」

「え？」

「髪の秘密を知りたいわー」

「え、でも」

「おやつもあるわよー」

「いく！」

「マル、あ、まだお話が、あー」

「あきらめろ」

「えー」

私たちは別室に連れて行かれた。


「あれが、子羊たちか」

「はい」

「八歳か」

「はい」

「何者だろうな」

「さあ、いい子たちです」

「楽しみだな」

「ええ」

残された四人は、子どもたちの未来を明るく思い描いた。


大きな賭けに勝ち、高揚感の後に、虚脱状態が訪れた。

私は、プレゼンだと思って提案とお願いをした。私にとってのプレゼンのコツは「私は女優」だ。

ふだんの自分にはない、自信。

しかし、「演じていた自分」を思い出すと恥ずかしく「にゃー！」と叫んで転がり回りたくなってしまう。ましてや、セロたちの前でやったかと思うと……。

恥ずかしい気持ちの後、怖くなってきた。大人にどう思われたっていい。けど、セロは？ ウィルやマルは？ 気持ち悪いと思わなかった？ だってこんな八歳なんて、私だっていやだ。

どうしよう。

どうしよう。

でも、セロはそんな私に気づいてくれて、

「キライにならない」

って、言ってくれた。トントン付きだ。

イケメンめ！ モテるに違いない。アレスたちとは大違いだ。

すっかり立ち直った私は、改修に目を向けた。

朝食とランチの関係で、マリアとソフィーとお手伝いの奥さんたちには宿屋をそのまま手伝ってもらう話になっている。

一三の月の終わり、

「おい、お前ら」

……ギルド長でした。

呼ばれてみると、孤児全員だった。

「さっそくだが、ザッシュたちの住んでいた廃屋が、取り壊されることになった」

「……」

ザッシュたちはもう、知っていたらしい。うつむいている。

「かねてから、メリルの宿泊施設の少なさは問題になっていた。それなのに、なんだか最近、メリルに来る冒険者が増えてんだよ。これから工場も立つ予定だし、住むとこの確保をな。だから取り壊して、冒険者用の宿泊所を立てる予定だ」

それはいいことなんだけど……。

「じゃあ、ザッシュたちは丘の上に引っ越しだね」

とセロが言う。

「！」

ザッシュたちはうつむいていた顔をはっと上げた。セロの言葉を受けて私もこう言った。

「そうだね、もともと宿泊者はそんなに多くない予定だし、ザッシュたちの部屋も考えてるとこだったし」

「マリアとソフィーと一緒でマルはうれしい」

「ちょうどよかった、改修の計画一緒に立てようぜ！」

ザッシュたちの顔がぱあっと明るくなった。

「俺、ベッドじゃなくて、お前らとおんなじように床で寝たい！」

これはブランだ。

「私も！」

「お風呂は、女子用を作って！」

ソフィーとマリアだ。ギルド長がぼやく。

「解決かよ……俺悩んでたのに」

「俺も……俺、一番上なのに、情けなくて……」

「あー、それはない。ザッシュ、お前、自分がなんて呼ばれてるか、知ってるか？」

「なんですか、それ」

「メリルの若鷹」

「こっ恥ずかしいです……」

「いつも高いとこから見守ってるから、だそうだ」

「子羊を見守る鷹、ですか。俺、できてるかな……」

「ザッシュー、勝手に決めちゃうよー」

「待て待て、俺の部屋は立派だろうな？」

「どうかなー」

笑い声がはじける。
子どもたちは一つになる。

閑話　セロの思い

アーシュの言う「賭け」が終わり、賭けに勝ったというのに、アーシュの元気がない。

「賭け」はすごかった。「だれ?」って思うくらいだった。特許とか、誰が得するとか、よくわからなかったけど、アーシュのやりたい宿屋の形を、思うとおりの形でもぎ取ったのはわかった。

しかも、誰も損をしていない。

さっそく、牧師館が改修されている。それなのに、アーシュはうかない顔だ。

「ウィル、マル」

「なに?」

「アーシュ、最近、元気なくないか」

「うーん、やっぱり?」

「なんでかな」

「賭け以来だよね」

「「聞いてみるか」」

寝る前がいいかな。

寝る前は素直だからな。

今にも寝そうなアーシュの背中をトントンしながら、

「なあ、なんか悩んでるのか」

って聞いてみた。

「べつに……」

「何もないことないだろ」

「……」

「ちょ、ま、アーシュ、なんで泣いてんだ……」

ウィルとマルが、ようすをうかがっている。

「言わないと、わかんないだろ」

「だって……」

「ん?」

「気持ち悪くない?」

「何がだ?」

「私が」

「「「?」」」

「アーシュ?　なんで?」

「だって」

「だって?」

「石けんの作り方とか知ってるし」

「あれは実験してただろ?」

「大人相手に賭けなんてするし」

「勝ったからいいだろ」

「子どもみたいじゃないでしょ」

「子どもだろ」

しょうがないな。

「ほら起きてみろ」

「顔がぐちゃぐちゃだからやだ」

「ふいてやるから、ほら」

「うー」

どこが子どもじゃないみたいだって？

「ほら」

「うー」

「手を伸ばしてみろ」

「うー」

「ほら、こんなに短い」

「うん」

「どんなことをしても、お前が一番、小さい。気持ち悪くなんか、ない」

「キライにならない？」

「ならないよ」

「「ならないよ」」

「うん！」

やっとほっとした顔になった。

「さあ、おやすみ」

「おやすみなさい」

トントンしてやると、すぐに眠った。

ターニャとトニアの恋はけっこう有名なんだ。

この国では、一四歳が成人だ。オレだってあと三年したら、トニアの結婚した年になる。なあ、トニアが一〇歳だった時の気持ち、オレ、わかる気がするんだ。

守るものがあるということ。

アーシュとオレ、どっちが大人だと思う？

今は、まだ、知らなくていい。

アーシュ八歳一、二の月　開店準備

残りの孤児も越して来ることになり、改修は急ピッチで進む。教会は、ザッシュたちの希望もあり、雑魚寝用に作られた部屋、六室からなる、独立したコテージのようになった。外観は教会のまま。

台所兼、食事室を真ん中にはさんで二部屋、四部屋に分かれる。四部屋をザッシュたちが二人ずつ三部屋使い、ひと部屋は予備。対面の二部屋が、宿泊者用となる。風呂、トイレは男女別。女子用は孤児側、男子用は宿泊者側に設置してある。

宿泊者用は、雑魚寝で詰め込めばひと部屋に八人ほど入るが、余裕を持って一パーティずつ入れることにした。

一方、牧師館側は、私たちが使う。もともと人の集まる場所で、大きなリビングがあり、主寝室がひと部屋、それが一階だ。二階は個室が四部屋。その上に、屋根裏がある。リビングを食堂として整備する。六人用テーブルが二つ入っても、まだ余裕がある。そして、一階の主寝室を、私たちの雑魚寝部屋とした。広さは、前の教会の部屋と変わらない。

二階は簡素に、ベッドと、書き物机、椅子、暖房が入る。ひと部屋だけ二人部屋にした。広い台所と、男女別のお風呂と、トイレがある。屋根裏にもわらを上げて、これは、みんなの秘密基地だ。もともとしっかりした建物で、そのまま生かしたので、そこまで大きな改修にはならなかったらしい。二の月の終わりには、ほとんど仕上がり、それまでひと部屋におさまっていた孤児たちも、個室を満喫することとなった。

改修費用は、三〇〇万ほど。思ったより安く済んだそうだ。お風呂やトイレや台所は、魔石を使うので後付けだが、そこも領主さまがサービスしてくれた。

「今年も魔石の補充は頼んだよ」

との言葉とともに。

そして、二階のベッドやリネンは、ダンのお父さんが用意してくれた。

「去年のフフクラブで、優勝した賞金なんだよ」

と言って、さらに、牧師館のリビングに、黒板をつけてくれた。

「ダンのためだからね」

大きく手は広げない。マリアとソフィーとも相談して、一日一パーティか二パーティ、雑魚寝で二食付き、一人二〇〇〇ギルで行く。雑魚寝大部屋二食付きの標準がこの値段だそうだ。夕食は牧師館の食堂で、朝はギルドで食べてもらう。お昼は別で、頼めばギルドで五〇〇ギルで渡してもらえる。大変な時は、奥さんたちを雇う。あくまで自分たちが住み、あまりを駆け出しの冒険者に安く利用してもらう形にする。それが子どもにできる限界だろう。

そのはずだったのだ。それは、三の月に入ってすぐのことだった。

閑話　子羊たちの一年は

宿屋を始める前に、一年の総括をしようと思う。

「一年のまとめって、なにをやるの？」

ウィルが不思議そうに聞くので、こう答える。

「どのくらい働いたかってことだよ」

するとマルからセロ、ウィルと順番に考えを話してくれる。

「マルは、すごく働いたと思う。貯金もできたし」

「オレたちもだな。でも、働いたっていうよりも、冒険者になるための準備って言ったほうが合ってる気がする」

「そうそう、荷物持ちもだけど、毎日ギルドで訓練できてるのがうれしい」

「そ、そか」

「アーシュはもっと剣の訓練を真剣にやらないとだめだ」

あ、矛先がこちらに。セロは厳しいのだ。

「で、でも」

「魔法師になるからって、甘えるなよ。ウィルだって両方やってるだろ」

「う、わかりました……で、でね、収入のまとめなんだけどね！」

「……逃げたな……」

「アーシュに任せてあったやつだろ」

「そう」

では、いきます。

アーシュとマル。

「ひと月、平均一二〇〇〇ギル稼ぎました」

「「おー」」

「涌きの七の月を除いて、合計、一四四〇〇〇ギルです」

「ほんとに？　すげー！」

拍手です。

次、セロとウィル。

「ひと月、平均一二〇〇〇ギル稼ぎました」

「「いぇーい」」

「合計、一五六〇〇〇ギルです」

「「金持ちー」」

拍手です。

次、家計費。

「平均一五〇〇〇ギル。合計、一九五〇〇〇ギルです」

「「おおー？」」

「これで、服や、剣や、バッグなどを買うことができるんだよ」

「「剣も買えるのか！」」

「来年、必要だもんね、結構いいのが買えるんじゃない？」

「「よし！」」

次です。

「「まだあるの？」」

あるのです。

「ギルドの朝食の稼ぎ、ひと月五万」

「「ひと月で！」」

「言ってあったよー」

「「？」」

「興味ないからだよ……」

「ランチの稼ぎ、ひと月六万」

「「！」」

「魔石の稼ぎ、ひと月一七万」

「「！！」」

「これはパーティ費になります。宿の収入も入れて合計三三九万ギルです」

「「……教会の改修、自分たちだけでできたんじゃ……」」

「出してくれるものは、ありがたくいただく！」

私はふん、と言い切った。ウィルが不思議そうに言う。

「朝食とランチ、今年もやるんだろ？　宿屋必要なくない？」

「うーん、でもね、来年セロとウィル、冒険者になるでしょ？　一日、いくら稼ぐ？」

「少なくとも五〇〇〇くらいはいくつもり」

「ね、そうすると、一ヶ月で？」

「一週六日働いて四週間、一二万ギルか、あ、そんなに多くない」

「無理することはないけど、できるだけがんばっておこうよ。怪我や病気になったら、あっという間にお金がなくなるから」

私がそう説明すると、セロがこう締めくくった。

「まあ、無理せず行こうよ。だってオレたちの目標はさ」

「「「冒険者になって、遠くに行く！」」」

準備は少しずつ。

アーシュ八歳三の月　フライング

三の月に入り、宿屋の準備はできたが、四の月から始めるつもりだ。

「おい、お前ら」

「……」

「おい、お前ら」

え、私たちですか。

「わかってやってるよな」

ギルド長にそんなこと、するわけがないですよー。

「まあいい、客だぞ」

え、四の月からの予定ですが。

「もう泊まれんだろ」

それはそうですが。

「E級パーティ、五人組だ。お祭しの通り、駆け出しの貧乏だ。よろしく頼む」

わかりましたよ。

「マリア、セロ、いい？」

「こうなると思ってたから」

「アーシュって、変なところで見通し甘いよな？」

ところで、E級とは、どの程度か。ギルドのランクが、最速で上がるとどうなるかを見てみよう。

一二歳から始めて、F級スタートだ。F級で一定量の魔石を納めると、E級に上がる。一年目は、その先には上がれない。一三歳になると、D級の試験が受けられる。一年間は上がれない。一四歳になると、三人のC級以上の推薦かギルド長の推薦で、C級の試験が受けられる。一年間は上がれない。一五歳になると、三人のB級以上の推薦かギルド長の推薦で、B級の試験が受けられる。一年間は上がれない。一六歳になると、A級以上の三人の推薦かギルド長の推薦でA級の試験が受けられる。S級は王国が認めた人のみ。

D級だった父ちゃんはおして知るべしなのである。

さて、教会までちょっと遠いのが難点だが、その五人パーティは、結局、ご飯やお風呂、寝心地のよさに感動し、三週間滞在したのだった。

これを皮切りに、

「もうひと部屋あったよな？」

と言うギルド長の策略により、もう一パーティ泊めることになった。

さすがに、人手がたりない。奥さんネットワークで、二時間ほど働ける人を何人も雇い、宿屋を回すことになった。朝の訓練を休むことはセロが絶対に許さないので、市場や解体所に顔を出すこともなく、マリアとソフィーとマルとで必死に働き始めた。

宿泊者が増えるということは、朝食もランチも需要が増えるということだ。各一〇ずつ増やしてしのぐ。

それどころか、

「相部屋でいいから」

というソロやパーティも増え、そうすると予備の部屋も使うようになり、結局三の月は一日に平均一〇人泊まる状況だった。

宿泊費のうち、食事は一〇〇〇ギル分、利益は五〇〇、宿泊費一〇〇〇はそのまま収入だ。雑費や人件費を引いても、一人あたり一二〇〇ギルほどの利益になる。三の月は、宿屋で三二万稼ぎ、ランチでさらに、二万よけいに稼ぐことになったのだった。これをマリアたちと半分にして、一七万の収入となった。

ところが、これでは終わらなかったのだ。

アーシュ九歳四の月　宿屋始まっています

疲労こんぱいした三の月。セロやマリアとも話して、四の月からはもっと人を雇うことにした。お金は欲しいが、生活が崩れては意味がない。私たちは、まだゆっくり休んで成長しなくてはならないのだ。

「特にアーシュはちっこいからな」

と、ギルドで冒険者がからかってくる。

そんなことはない、標準のはずだ。

でも、そんな時、

「アーシュちゃん、洗濯外注しないかい？」

と奥さん方に交渉され、洗濯を請け負ってもらえることになったのでほっとした。冒険者の人も長い滞在が多いので、助かるサービスとなった。

生活魔法があると、洗濯はそれほど重労働ではない。朝や夕方に働きに来られない奥さん方も、昼に自由に働けるということになる。私たちも朝晩は忙しいが、昼と寝る前は時間ができるようになるだろう。

「おい、お前ら」

……。

「おーい」

なんでしょう？

「あー四の月だな！」

はい、そうですね。

「こちらが、新年度にあたってメリルに来た、A級パーティの皆さんだ」

「あかつきの、ノア、剣士だ。こっちがイーサン、クーパー。剣士、魔法師」

わあ、セロとウィルがキラキラしてる！　うお、頭なでられた、グラグラする、頭取れちゃう！

確かに、かっこいいね！　ところで、なんで私たちに？　A級さんたちも、戸惑ってますが？

「なんか気まぐれでメリルに来たらしくて、泊まるとこがないんだと」

「まさか」

「お前らんとこ、牧師館の二階は、空いてたよな？」

なんでも知ってるギルド長。なぜ嫁がこないのか。

「それは今、関係ねえ。とにかく、とりあえず頼むわ」

「親御さんは、大丈夫なのか？」

ノアさんが聞いてきた。

「あー、親はいねえ、こいつらが宿屋やってんだわ」

「それはすまない……」

私は一応確認した。

「確かに部屋はあるけど、古い牧師館で、朝ご飯もギルドに来ないとならないんだよ。ご飯も大部屋だよ」

「ああ、かまわない。A級といえど、駆け出しの頃の気持ちは忘れてないよ。最初は大部屋だったからね、今だって屋根があれば大丈夫だよ」

「それならどうぞ」

教会までの道のり、セロとウィルは、一番遠くはどこに行ったのかとたずねていた。

「帝国かな」

「帝国！」

メリダは、島だ。東に魔大陸と呼ばれる大陸があり、海にも魔物が多く、そちらには行けない。西に二週間ほど船で進んだところに大陸があり、そこで一番大きな国が、帝国だ。

「海を渡ったの？」

「そうだ」

教会についた。

「続きは、後でな」

教会を興味深げに眺めているノアさんたちを連れて、牧師館へ。そういえば、こちらを宿屋として使ったことは、まだない。

玄関を入ると、一階で食事を食べるところの説明をし、トイレとお風呂と石けんの案内をし二階に連れていった。

「個室ですが、二人部屋がよければあります」

「いや、個室があるなら、個室にさせてもらうよ」

「では、こちらになります。食事はもう少し後です。食堂は開放されているので、いつでもどうぞ」

「ありがとう」

緊張した。

あかつきのメンバーはお風呂を先に使ったようで、他の冒険者たちの夕食がひと段落した後で下りてきた。今日はきのこのスープと、ハンバーグだ。お手伝いの奥さんたちは、さすがに大人なので、量の多い料理を素早く作ってくれる。おかげで、ハンバーグなど力のいるものや、揚げ物なども出せるようになった。こういった料理は奥さんたちから、街に還元されていく。おかげで獣脂の売り上げもよい。

ノアさんたちは見慣れぬ料理を不思議そうに見ていたが、やがて勢いよく食べ始めた。

「おいしかったよ」

と言うノアさんは、紙づつみを出して、

「茶葉はあるんだが、茶をいれてくれないか」

と言う。

領主さまが買っておいてくれた茶器で、お茶を出してあげた。

「あれ、アーシュいつお茶のいれ方覚えたの?」

ウィルがきょとんとして言う。

「領主館で、おやつを出してもらった時」

「ああー」

ノアさんたちはお茶を一口飲んで、にこっとした。合格だ。

「おいしい。ほっとするね」

黒パンを薄くスライスして、ジャムをつけて出してあげた。もちろん、セロとウィルとマルにもだ。

「初めて食べるものばかりだが、うまいな」

「ねえ、ノアさん、帝国の話」

セロがせかす。

「なんで行くことになったの？」

「帝国はね、大きい国で、ダンジョンがあまりないんだよ」

「魔石は？」

「輸入が主だが、そもそもあまり使われてないんだ」

「不便だね」

「人が多いから、働き手には困らないんだろうね。それでね、冒険者がすごく少ないんだ」

「へえー」

「だけど、ダンジョンが存在する以上、魔物の数を減らさないと必ず『涌き』がある」

「メリルは七の月だよ」

セロが得意そうに言った。去年は荷物持ちとして自分だって参加したのだ。

「そうだね。でね、帝国は、あまり魔物が得意ではない」

「弱いの？」

「いや、かなり強い。だが、戦い方が対人なんだ」

「人？　ギルドでは人に魔法を向けてはだめだって。訓練以外で人に剣を向けることはないよ？」

「そうだね、でもね、帝国が戦ってきたのは周りの国だからね。大きな大陸にいくつもの国があった時代があったんだよ」

「そうなんだ……」

私たちはギルド長にあんなに怒られたのにな。メリダには戦争はないって安心してたけど、ほかの国ではあったんだね。ノアさんは続けた。

「だからね、メリダに冒険者の要請がくるんだ」

「呼ばれるの！」

「みんな、行きたがらないけどね」

「なんで！」

「セロは行きたいのかい？」

「知らないところ、行ってみたいと思うよ」

「たとえ、下に見られるってわかっててもかい？」

「下……」

「冒険者は、帝国では底辺なんだ」

「そんな……」

食い詰めて仕方なく冒険者になるのだそうだ。強い人は軍や騎士隊に入る。

「私たちは、これでも貴族階級だからね、それもあって行かされたのさ。貴族なら、一定の敬意は払われるからね」

「それでも」

「ん？」

「それでも、行ってみたい」

「そうか」

「メリダより遠くがあるんだ……」

「帝国の奥に、フィンダリアという国もあるよ」

「！」

フィンダリア！　どんな国だろう。いつか行くんだ。セロの目がそう言っていた。

「学院……」

「学院に行けば、帝国語も学べるが」

「おや、ちびちゃんはおねむのようだよ」

セロは遅くまで話していたようだった。

「まだ小さいから」

「運ぼうか」

「いえ、オレが運びます」

「ではね、私たちも休ませてもらうよ」

「おやすみなさい」

二階に上がりながら、ノアは言う。

「小さいレディに、小さいナイトだな」

「ノア、たぶんあの子たち、初等学校も行けてないぞ。学院とか、あまり夢を見させるな」

「つい、な。すまない、クーパー。あまりに一生懸命だから」

「夢を見させたくなる、か」

「ああ」

「いい宿だぞ。今夜は、僕たちがいい夢を見よう」

「そうだな、おやすみ」

「おやすみ」


A級パーティのあかつきは、宿が気に入ったらしく、他の宿が空いても移らなかった。泊まりがけのダンジョンアタックで何日もいなくても、

「帰った時、ここに来たいから」

と部屋を予約しておいてくれる。

ギルド長は、なぜか空き部屋を把握しており、残った牧師館の二人部屋にすら、客を押し込もうとする。

個室が三つ埋まると、三〇万、二人部屋が埋まると一〇万の利益がひと月に出る。マリアたちと半分にしても、一七万プラス二〇万、宿屋だけでも、ひと月に三七万の利益になる。

一度利益を生む流れを作り出したら、後は勝手に儲かっていく。来てくれた人がおいしいご飯と

お風呂で元気になって、冒険者として元気に活躍してくれたら、それでいい。私は、もう、あまり考えず一生懸命過ごすことにした。

「最近、朝練気合い入ってない」

とセロには怒られる。

「まあまあ、ちびちゃんだしね」

とノアさんはかばってくれるが、しかたない。セロにがっかりされたくない。セロは来年の冒険者に向けて、かなり本気で取り組んでいた。

また、四の月も半ばをすぎると、初等学校の上級の最終学年になったダンの、授業が復活した。牧師館の黒板が大活躍だ。上級の範囲は終わらせたとのことで、私たちにも授業をどんどん進ませる。夕食後は、食堂が学校になっていた。

それが宿泊者にも好評で、一緒に参加する者もいれば、「ダン先生、それ違いまーす」とからかう者もいる。かと思うと、ノアさんやクーパーさんが、学院の授業を先取りして教えてくれたりする。魔法師にはやっぱり学院出身の者が多いのだ。新しいことを知るのは、なんでもうれしかった。特に仲間と一緒なら、なおさら。

アーシュ九歳五の月　ひとときの休息

やっと余裕のできた昼には、なぜか領主さまやギルド長やダンのお父さんがやってくる。

「疲れてんだよ俺は。休ませろ」

と言って勝手に休憩しているギルド長。

「新しい茶葉なんだがね」

と言って、私にお茶をいれさせて、なんだか書類仕事をしている領主さま。

「美しいお嬢さんは、世界の宝だね」

なんて、いつもの調子のダンのお父さん。

その横で、私はキルト作りをしている。

マルはやっぱり、市場をかけずりまわっている。

あいた時間は、ベリーつみとジャム作りもかかせない。

そんな五の月のこと、珍しく大人三人そろっているのを見て、ふと、

「来年から荷物持ちの仕事だから、こんなふうに過ごせなくなりますね」

と言った。

「え！　アーシュちゃん、荷物持ちになるの？」

「はい、セロとウィルとマルとの約束なんです。一緒に冒険者になるって」

「なんともはや、てっきりこのまま宿屋を続けていくものだと」

領主さまが意外そうに言った。ダンのお父さんも言う。

「そうだよ、アーシュちゃん、収入もちゃんとあるのに、なんで荷物持ちなんか」

「一緒にいるって、セロと約束したから」

「セロくん……」

でも、ふと思う。

「冒険者になって、大人になってセロが誰かお嫁さんもらったら、帰ってきてまた宿屋をやろうかな」

「「「……」」」

(嫁って、お前以外いないだろ)

(あんなに牽制しまくってるのに、気づかれてないんですね。ダンの付け入る隙がありますかね)

(親戚によい年頃のやつがいるのだが……)

「あ、来年以降も宿はやりますよ。ただ、マリアとか、奥さんたちとか、人に任せる部分が多くなるだけですよ」

「安心した」

ギルド長が本気でそう言った。笑える。

「丘の上の子羊館だそうですからね。若い冒険者の泊まってみたいところとして、有名になっていますよ。安くて居心地がいい、おかみはかわいいメリルの四姉妹ってね」

「なんですかそれは」

「ホントのことだよ」

ダンのお父さんは、口がうまい。

「でもとりあえず今は、こうしてのんびりしていましょうか」

アーシュ九歳六の月　子羊レーション

領主さまやダンのお父さんに丸投げした石けんだが、量産の態勢は整いつつあった。大量生産できる配合や設備、高級石けんの試作、それとともにメリルでの普及実験、更には領主さまの奥さま方による王都での社交により、下地は作られつつあるようだ。

また、獣脂とオートミールの安定した生産が可能になり、暇ができ始めた五の月から、私はずっと作りたかったオートミールクッキーの試作を始めた。おやつとしてのオートミールクッキーは、獣脂と廃糖蜜を多くすればすぐできた。日中にやっていれば、領主さまやギルド長などの大人三人組にすぐ見つかってしまい、

「このサクサク感がなんとも」

「奥さんにも食べさせたいですねえ」

「時間がない時に手軽なのがいい」

と大好評であった。そんな日はもちろん、セロとウィルとマル、そしてマリアやお客さんたちにも試食してもらう。

しかし、私が考えていたのは、おやつではなく、ダンジョンに持っていけるレーションだ。

もちろん、収納バッグがあれば、食事には困らないのだが、いわゆる携帯食のようなものはほとんどない。一ヶ月くらいは長持ちして、甘すぎず、お腹にたまる、いわゆるシリアルバーのような

ものをなんとか作り出せないか。

たくさん作ってあるドライフルーツも加え、甘すぎず、油も控えめに配合を考え、日持ちをチェックしていく。なぜかギルド長もチェックに来るので、二人で研究し、ザッシュたちや宿の冒険者たちにダンジョンに持っていってもらう。健闘一ヶ月、五の月の終わりに決めた配合は、六の月の終わりまで味が変わらなかった。味も好評だ。コレ、大事。

これを、子羊のマークのついた紙に包み、温泉宿のように宿のお土産として食堂で売って、とニヤニヤしていたら、

「何言ってんだ。これは、ギルド預かりだ」

「そんな、子羊レーションとして宿の冒険者名物にする私の計画が」

とギルド長に言われた。

私が嘆くと、

「はあー、いいか、お前、ダンジョンに潜る冒険者が、いつもどんなに味気ない思いをして黒パンをかじってると思ってんだ。子羊ランチがなんで喜ばれてるかよく考えろ」

「でも、うちの名物」

「まだ言ってんのか。子羊レーションつの？　名前は残す。特許料もやる。けど、冒険者が誰でも買えるように、ギルドの売店に置く。みんなのためだぞ」

「みんなのため」

「冒険者のため、ザッシュたちのため、いずれ冒険者になるセロとウィルのためだ」

「セロとウィルのため」

「もっと手を伸ばせ！　お前が救えんのは、もうお前の手の範囲だけじゃないんだぞ」

「……」

手を伸ばしても、いいのかな。

「とりあえず七の月の『涌き』で、試作販売だ。大量に作って、屋台でランチと一緒に出せ」

「ええー」

手を伸ばしても、いい…のか…な？

アーシュ九歳七の月　涌き

「涌き」の七の月が始まった。

今年は、ランチはすべて奥さん方に任せた。売り子は、比較的若い奥さんだ。去年の鳥、卵、豆、廃糖蜜、ジャムに、唐揚げが加わった。しょっぱいもの五〇、甘いものは各三〇、豆も三〇だ。

「豆は五〇だろ」

ギルド長は、豆が好きですねー、でも三〇で。

「ちっ。俺のぶん、取っとけよ」

はいはい。

私たちはといえば、ギルド長の命令により、子羊レーションの販売に来ている。急きょ決まったことなので、前日に作り、紙で包み、屋台に積み上げ、と大忙しだ。焼き上がりを三角に切って、二つセットで五〇〇ギル。高すぎると思うのだが、冒険者は金を使うのでそれでよいとのこと。また、新製品なので安すぎてもいけないそうだ。

なじみのないものなので、試食を用意する。いよいよ販売だ。

「ダンジョンのお供に、子羊レーションはいかがですかー。カリカリサクサクほんのり甘い、小腹が空いた時に最高です。一ヶ月もちますよー」

「アーシュ、マリア、今年はランチじゃねえのか?」

「あ、お兄さん」

朝食に来るお兄さんだ。

「ランチは、あちらでーす。これはね、新しい携帯食なの。まず、食べてみて？」

「へえ、あー、ほんのり甘くて、お、サクサクだな。ドライフルーツたっぷりで、食いごたえあるな！」

「一ヶ月もつんだよ」

「試しに買ってみるか！　子羊ものは、ハズレねえからな」

「まいどありがとうございます！」

初日は、知り合いを中心にポツポツと売れた。

「アーシュちゃん、マリアちゃん、ランチ増やしてもいいかしら」

ランチ担当の奥さんがそう言いに来た。ランチは順調ですね、どうぞどうぞ、お任せします。

私たちは、明日も同じ二〇セットでいいかな、去年より楽かもね。なんて言っていたら、次の日から行列のできる屋台になっていた。一度買った人は、必ずもう一度買った。

それから毎日毎日、午後は魔石オーブンの前で過ごす。途中で飽きて、甘みを少なくして、串焼きと同じ塩味のレーションを作ったら、それも売れた。酒のあてにイイらしい。いや、ダンジョン用だからね。

結局、奥さん方にボーナスをはずみ、人に任せるだけ任せても、ランチの利益五〇万、レーションの利益一〇〇万となったのだった。マリアたちと半分こだ。

「量産の仕組みができるまで、しばらく子羊館がギルドにおさめてくれ。既存のパン屋に作ってもらうか、新しく店を作るか検討中なんだ」

ええー。

「涌きは終わったから、ギルドの売店で一日とりあえず二〇個でいいや」

そのくらいなら、なんとか。

ちなみに、五〇〇ギルのレーションの利益は、三〇〇。二〇個売り上げで、六〇〇〇ギルの儲け。

お土産に買う冒険者が多かったため、二〇個ではすまず、八の月も二〇万ほど儲かった。これも半分こだ。八の月の終わりに、パン屋が一手に請け負ってくれるまで続いた。

ただし、七の月、八の月は、これだけではなかった。

本業の宿屋も大変だったのだ。

ランチやレーションはともかく、本業は宿屋である。そういえば、宿屋の名前が、いつの間にか「丘の上の子羊館」となっていた。略して「子羊館」だ。へえー、知らなかった。オーナーが知らないとは。まあ、いいけど。

「涌き」の時期は、冒険者も多いので、子羊館も忙しくなることは目に見えていたが、そもそも六の月だって満室だったのだ。あかつきも、

「七の月の、涌きが終わるまではいるからね」

と予約済み。

ところが、

「よーう、また来たぜ！」

とアレスさん。残念イケメンパーティだ。

「残念言うな！」

せっかくの再会なのに、宿屋をやってるのに、空きがない。そう言うと、

「お前らと同じ部屋でいいわ。前もそうだったろ？」

そうだった！　いいかそれで。セロとウィルも大喜びだし。

「おい、お前ら」
ギ、ギルド長、なんですかね……。
「あー、こいつら、春に冒険者になったばかりの、Ｆ級五人パーティなんだ。初めての遠出だそうで、つまり、あれだ。泊めてやれ」

いやいや、気持ちはわかるけど満室ですよ。

「俺たちが、ニコとブランの部屋に移るから、そこに泊めてやってくれないか」

とザッシュとクリフ。確かに、五人寝られないことはないけど……。

「ねえマリア、ソフィー、どうする？」

「もう何人でもおんなじよ！」

マリアがきれた！

というわけで、雑魚寝部屋は泊まれるだけでありがたい人であふれかえり、時には住人の部屋も侵食しつつ、子羊館は限界まで稼働したのだった。それでも大きな不満がなかったのは、食堂を自由に使え、冒険者同士の交流があったからだろう。

そのさなかのことだった。

午後に焼いたレーションをおさめるついでに、セロとウィルを迎えに来たら、なにやらもめてい

る。

ほおー、珍しい。もめているのは剣士のお姉さんだ。しかも、一五歳くらいと、若い。金髪がきらきら、かなりの美人さんだ。四人パーティ、残りは男子。男子はおもしろがっているだけで、止めには入っていないのか。

もめてる相手は、と。

セロと、マリアだ！

「だから、満室でどうしようもないんです！」

「一日でもいいから、子羊館に泊まってみたいのよ！　ただじゃないわ、私たちの泊まっているところと交換でいいのよ」

「こちらは雑魚寝ですし」

「あら、個室もあるって聞いたけど？」

「長期滞在のお客様がいるので」

「なおさら一日くらい気分が変わっていいと思うの」

「ダンジョンに入り、疲れているお客様に宿を替われとは言えませんので、申し訳ありません」

セロ！　すごい！　断ってる。

「ねえ、なんならその方たちと直接交渉するわ」

「！」

まずい！　お姉さん、しつこすぎる！　私は偶然を装い走って近づく。

タタタタッ、ドンッ！

「きゃ！」

「アーシュ！」

「いたあ……あ、ごめんなさい、お姉さん、あわてて……」

「ま、まあ、気をつけなさいよ！」

そこにすかさずセロが口をはさむ。

「そういうわけで、宿泊は……」

「セロ、このきれいなお姉さん、今日うちに泊まるの？　やったー」

演技だ、演技。

「違う、満室なの知ってるだろ？」

「えー、どうしてもダメなの？」

「無理したら、ほかの人が困るんだぞ」

「だってー」

「だってじゃない！」

「はーい、ごめんなさい。お姉さん、ごめんね、わがまま言って……」

「い、いいのよ、迷惑かけられないしね」

「あ、これ、転んで割れちゃったかもですけど、おわびにもらってください。いま冒険者に話題の作りたての子羊レーションですよ。おいしかったら買ってくださいねー」

ついでに宣伝だ。

「まあ、いただくわ」

「また機会があったら、ぜひ泊まりに来てくださいね！」

「そうね、考えておくわ」

名づけて、「いたいけな子ども作戦」だ。だまされたのはお姉さんくらいだったが、機嫌よく帰っていったのでよいでしょう。こちらをおもしろそうに振り返るお兄さんたちは、にらみつけてやった。手綱くらい、しっかり握っとけ！　あとみんな！　そんな目で見ないで！

「アーシュ……」

セロまで。くそう。がんばったのにな。これ以上、疲れさせないでほしいのに。

閑話　ノアの思い

「いい宿だったな」

「気持ちよかったな」

「…ん…」

「涌き」の七の月を終えて、私たちはメリルから王都へ戻ろうとしている。三の月、若くしてA級になった私たちは、冒険者の暮らしにすこし飽きていた。特に王都はうんざりだ。

そんな時、メリルが今、熱いと聞いて興味を持った。メリル辺境伯とは顔見知りでもある。王都のダンジョンを渡り歩くのではなく、落ち着いた地方の一つのダンジョンの深層まで潜る。魅力的に思えた。

しかし誤算ではあった。確かに辺境には宿は少ない。いざとなれば辺境伯を頼るにしても、どうにかならないものか。メリルのギルド長は、学院と、冒険者としての先輩でもある。相談すると、少し考えて、

「おい、お前ら」

と声をかけている。

なんだこのちびちゃんたちは。男の子たちのほうは、子ども扱いするなという気概が伝わってきたが、この巻き毛ちゃんたちは、かわいすぎる！　思わず頭をなでていたが、「頭取れる……」と

聞こえて手を離した。なぜか離しがたい。

ここに泊まれと、ギルド長が言う。大きな家なのか、親御さんについて聞くと、孤児だと、宿屋をやっているのだという。

不憫な！　クーパーがあきれた目で見たが、これは、泊まるしかないだろう。クーパーは、いつも一歩ひいているやつだ。イーサンは、基本無口だ。

宿まで少し歩くという。子どもたちとにぎやかに歩くのも、案外楽しいものだ。

セロという子が、どこまで遠くに行ったのかと聞いてきた。

「帝国だ」

と答えると、目がキラキラと輝いている。私にもこんな時もあっただろうか。おや、古い建物が見えてきた。なるほど教会か、なに、ここか！

教会の裏の、牧師館に泊まるらしい。

扉を開けると、食事の準備の気配がする。右手が食堂、ここで食事らしい。そのままトイレと、なるほどお風呂か。男女別、と、石けんか、おもしろいものだ。メリルの特産だろうか。二階に上がると、なんと個室ではないか。特にこったものはないが、部屋ごとに違うベッドカバーがさわやかだ。

部屋に落ち着くと、さっそく順番にお風呂に入った。石けんというものには本当に驚いた。また、大きな魔石を使っており、お湯も潤沢（じゅんたく）だ。

よい気持ちで食堂に行くと見慣れぬ食事が出た。ハンバーグだという。肉団子とやらか。思い切って食べてみるとそれはジューシーで、おいしいものだった。スープも具だくさんで、中々のものだ。

食後にお茶を飲みたくて、茶葉をわたして茶をいれてもらおうとしたら、クーパーに陰にひっぱっていかれ、

「お前、ばかなの？　なに子どもに茶をいれさせようとしてんの？　そもそも茶とか知ってるわけないだろ？」

と怒られた。しかし、茶くらい市井(しせい)のものでも……。

「知ってるわけないだろ、これだからぼっちゃまは！」

いや、クーパーも同じ貴族ではないか。

「僕は子爵家、お前は伯爵家」

……。しかし、子どもは器用に茶をいれてくれた。茶菓子までつけてくれている。

「うまいな」

やはり王都からついたばかりで疲れていたようだ。茶がしみわたる。子どもたちはどうやら、辺境伯と顔見知りのようだ。

食後に帝国の話をした。異国のおもしろさと、大国のおごりと。おもしろいことばかりではないと話しても、行きたいと言う。強い目だ。この子たちならもしかして……。

おや、黒い巻き毛ちゃんはおねむのようだ。運ぼうか。なに？　オレがやる？　さわるなってことか、なるほど。

しかし、またクーパーに怒られた。確かに、孤児なら学校も行けていないだろう。すまないことをした。その日はそれでも、心地よいベッドで移動の疲れをいやした。

つぎの日、朝練に行くという巻き毛ちゃんたちに付き合った。まさか、ギルド長が訓練しているのか。

なんだこの強さは……黒い巻き毛ちゃんこそやや劣るが、荷物持ちのレベルではない。特にセロの剣は重い。魔法の訓練では、クーパーが舌を巻いていた。現在でも、Dか、へたをするとC、魔法に至ってはおそらくそれ以上。金銀が駆け、黒髪が舞う。氷の瞳が射抜き、緑の瞳が躍り、琥珀の瞳が輝く。

おもしろい！

幼いのに、大人より働き、笑い、希望にみちている。退屈などどこにもない。

結局、四ヶ月も滞在してしまった。

辺境伯も、ちゃんと考えていてくれた。

「心配するな。学院などいくらでも行かせる手はある」

「しかし」

「メリルの皆が、あの子らに感謝し、気にかけているのだ。いずれあの子らも王都に向かうこともあるだろう。お主たちもよき導き手となれ。まずは冒険者として、先を見せてみろ」

「はい！」

A級になったくらいで慢心していた私たち。ちびちゃんたちにも辺境伯にも見送られ、王都でやり直しだ。

先に行って、待っていよう。

閑話　ダンの思い

「父さん、お願いがあるんだ」

「ダン、君からのお願いは一年ぶりだね」

「セロとウィルを、学院に行かせてください！」

「……」

「あいつら、荷物持ちもしていて、夜にしか勉強してないのに、もう初等学校上級まで終わってるんだ。もっともっと、学びたいって気持ちも大きい。このまま終わらせたくない」

「それは、本人たちの希望なのかい？」

「聞いてみたことはないんだ。たぶん、行けるわけないってあきらめてる」

「セロ君は、冒険者になりたいんじゃないのかい？」

「ギルド長だって、ノアだって、冒険者だって学院出身の人は多いじゃないか」

「セロ君とウィル君は、アーシュちゃんとマルちゃんを、早く養いたいのじゃないかな」

「父さんだってわかってるはずだ。アーシュは普通の子じゃない。見かけがきれいなだけじゃない。今はまだ知られていないけど、価値が知られてしまったら、普通の冒険者じゃ守れないだろう。マルだっておそろしいほどきれいで、強い。だからこそ、守れるように、せめて学院を出たという価値をつけさせたいんだ！」

「ダン、君が力をつけて、守ることもできるんだよ」

「！」

「セロ君とウィル君が冒険者をやっている間に、君が力をつけて、アーシュちゃんを守る……」

「話がずれてるだろ！　そういう話じゃない！　オレが幸せになるんじゃない！　セロとウィル、アーシュとマル、友だちがみんな、幸せにならなくちゃ意味がないだろ」

「ダン、よく言った！」

「じゃあ」

「少し待ちなさい。君に言われなくても、僕も考えているし、領主も考えている」

「領主さまも？」

「良い人材を育てることも大事だからね。君の思うとおりにはならないかもしれないけど、可能性は開けると思うよ」

「わかった、ありがとう。もう一つ、お願いがあるんだ」

「おや、何かな？」

「まだ早いかもしれないけど、仕事を手伝わせてください！」

「来年からは、学院だろう？」

「王都の仕事でもいい、通いながらでもがんばるから」

「なるほど、君たちはそうやって、自分たちでどんどん大人になっていくんだね……」

「父さん！」

「覚悟の上だね」

「はい！」

メリルの子どもたちよ、そんなに急ぐな。せめて今年だけでも、この手の中にと願う。

涌きの七の月が終わった。

アーシュ九歳八の月　未来

八の月は、子羊レーションを作らされつつも、やっと落ち着いた。ダンの授業も、初等学校上級まで終わり、資格はないけど、学力はついたと思う。ダンは来年からは王都の学院に行く。まあ、試験があるけど、ダンの学力なら何の問題もないってノアさんが保証していた。さみしいけど、がんばってほしい。

その月の終わりのことだ。珍しく領主さまから、子羊館の孤児全員集まるよう、連絡があった。と言っても、子羊館の食堂だ。当日夜、領主さまだけでなく、ダンもダンのお父さんもいる。ギルド長もだ。

「みんな知ってると思うが、来年から、ダンは王都の学院に行く予定だ」

「試験に受かればですが」

「謙遜する必要はない。そこでだ、みんなはどうする」

「「「え……」」」

小さい子たちが戸惑う中、ザッシュが代表して言った。

「いや、俺たち、初等学校行ってないんで」

「試験に受かりさえすればいいのだよ、知らなかったのかい？」

知らなかった……。

「それに、俺たちは来年一四歳です。学院は一二歳で入学ではないですか」

「正確には、入学した年に、一〇歳から一四歳になる者だ。初等学校上級卒業で来るものがほとんどだがね」

「では、俺、行く資格はあるんですか」

「あるとも。ザッシュとクリフだけではない。アーシュ、マル、君たちも資格はあるんだよ」

今九歳、来年一〇歳、確かに！

考えたこともなかった。

「けど、けど、俺たち親が」

ザッシュが必死に言いつのる。希望を持つのが怖いのだろう。

「王都には地方からも学生が来る。寮に入る子も多いな。孤児だから、入学してはいけないという規定はない」

「お金がかかるって聞いた」

「そうだ。一人一年、およそ一〇〇万ギル。寮に入るなら、安い部屋で五〇万だったか、食費込みだな」

「それが三年間……」

「王都への行き帰りの馬車代や服もいるな」

「……」

「俺、俺は行きたいです。アーシュたちと暮らして、冒険者をやって、ためたお金がある。休み期間に冒険者をすれば、学費はなんとかなる。俺、もっと勉強したい！　みんなが許してくれるのなら」

「ザッシュが行くなら、俺もだな」

「ザッシュ君とクリフ君は決まりか」

ダンのお父さんが言った。

「私は、勉強はしたいけれど、宿の仕事を離れたくない」

「私もです」

「マリア、ソフィー」

「俺は、勉強は付き合ったけど、これ以上したいとは思わない。冒険者を始めて、面白くなってきたところで、中断したくない」

「俺もです」

「ニコ、ブラン」

「セロとウィルは？」

「……」

うつむくセロの肩を、ウィルが抱く。

「勉強はしたい。学院も行きたい。けど、冒険者になるために努力してきたことを、簡単には捨てられないんだ」

私も、マルも、ダンもセロのそばに行き、抱きしめる。

遠くに行きたいんだよね。そのためには冒険者になるのがいい。でも、ノアさんが来て、さらに遠くがあることを知ってしまったんだよね。そしてセロは、私のこともマルのことも、ぜったい見捨てられない。

「ははは！」

「領主、意地悪が過ぎますよ」

「え？」

「学院にはね、学外就学制度というものがあるんだよ」

「学外就学制度？」

「学業優秀で、王都での通学が難しい者について、各地方の領主の推薦があれば、試験により入学を許可する。ただし、八の月一ヶ月間、学院にて授業を受け、勉強の成果を見せなければならない」

「それって、普段は冒険者をしながら勉強して、八の月の一ヶ月だけ、学校に行けばよいということですか」

「その通りだ。もちろん、君たちが希望すれば、全員分領主推薦を出そう」

「ウィル、アーシュ、マル、試験を受けよう！　オレ、勉強したいんだ！」

「オレはいいよ、行きたいの知ってたしな」

「マルはどっちでもいい。勉強は特に好きではないけど、みんなと一緒にいられるならそれでいい」

「アーシュは？」

「うーん、学院は考えていなかったからなあ」

「「「考えてなかったのか」」」

だって前世で、一六年も行ったし。でも、

「帝国語は興味ある」

「行こう！」

「行こうか」

「よし、では、ダンとザッシュとクリフは王都で寮生活」

「はい！」

「セロとウィルと、アーシュとマルは学外就学」

「マリアとソフィーは」

「学外があるのなら、受けてみたいです」

「合格すれば、領主として奨学金も考えよう。一人でもメリルに戻って貢献してほしい」

「学院を卒業すれば、ギルドの職員という就職口もある」

「試験の成績がよければ、学費の免除もありますよ」

大人たちがそれぞれ希望を持たせてくれる。

「まずは、一一の月の試験に向けて、勉強ですね」

「はい！」

学院なんて、考えてもいなかった。

手の届かなかった世界が、近付いてくる。

アーシュ九歳九の月　ダン始動

九の月から、試験勉強が始まった。と言っても、範囲はすべて終わっている。それぞれの苦手な教科の復習と、作文の練習だ。

試験の内容は、国語、算数、地理、歴史、作文だ。つまり、初等学校の学科そのままである。作文は、配点は低いので、四教科がきちんとできていれば大丈夫らしい。採点する教師の娯楽という意味しかないという噂もある。正直、書くことにはみんな慣れていなかったので、そこを重点的にやった。

ダンも夕方ギルドに来て、そのまま夜までいることも多くなった。

そんなダンが最近、よくギルドにいるなと思ったら、

「なあ、アーシュ」

と声をかけられた。

「なに？」

「ダンジョンから出てくる人な、受け付けのあと、かなりの確率で水を飲むんだ」

「うん、重労働だよね」

「飲み物って、売れないかな」

「飲み物……」

「父さんたちな、子羊館に行くと、必ず茶を飲んでるだろ」

「大人はお茶好きだよねー」

「けど、アーシュにいれさせてるだろ？」

「そうそう、まったくね、自分ではいれないよね」

「ダンジョンから上がったら、自分でいれなくても、すぐお茶を飲めたら……」

「うれしいはず……」

「……な？」

「でも、お茶ってお高いでしょ？」

「家のメイドに聞いてみたらさ、庶民もお茶はよく飲むんだって。質のいいものではないらしいけど。なんでも、やかんで煮出して、苦さと刺激を楽しむとかなんとかって」

庶民って、メイドって……。そういえば、ダンもおぼっちゃまか……。

「だからさ、アーシュ、何が売れるか、一緒に考えてくれないか？」

「おもしろそう」

「まずは、庶民のお茶を買ってこよう」

庶民って……。

庶民のお茶は、アッサムを渋くしたような味だった。これを飲むと後味がさっぱりしてよいものではある。アッサムなら、あれだ、ミルクティーだろう！　ただし、お砂糖は高いから、廃糖蜜になるが、くせが強いのでどうだろうか。

廃糖蜜と、コミルを加えて、いざ！

「「おいしい！」」

お茶の風味が強いから、廃糖蜜に負けないのだ。

では、領主さまのお茶に廃糖蜜は？

「「えぐみが残るね」」

お茶が廃糖蜜に負けている。また、大人には、甘すぎるだろうか。

「まだ九の月だからね、冷たい水のほうがいいのかもしれないけど」

と、ダン。

「それだ！」

去年からがんばって開発している水を冷たくする魔法、発動！

「どう、ダン！」

「おいしいよ、ごくごく飲める！」

「これなら、お砂糖を入れなくても」

「冷やしてみて！」

「冷えたお茶もおいしい！」

「これをやかんでたくさん作って」

「どうやって持っていく？」

「魔石水筒あるだろ？」

「あれか、結構入るね。お茶を入れたら冷える水筒あればいいのにね」

「それもだ！」

「カップはどうする?」

「ギルドの朝食用のものを借りられないかな」

「そうすると三〇個くらいかな、洗いながら売れば」

「「試しにやってみようか」」

ギルド長ギルド長。

「なんだ、アーシュ。おっ、ダンじゃねえか」

はい。今日はダンからのお願いです。

「ほう? ダンジョン帰りに飲み物? ありゃあうれしいがな、エールとかな。酒じゃない? お茶? あー、どうだろうな」

「喉が渇いている人がたくさんいるようでした。水は魔法でも出せるけど、独身の人は自分では中々お茶もいれないと思うので」

「なるほどな」

「これ! 試しに飲んでみてください」

「今暑いんだけどな。まあいい、お? これは……」

ギルド長の表情が変わった。

「……うめぇ」

でしょう?

「なに、砂糖とコミルを加えて冷やした? どうやって冷やした? 生活魔法? アーシュ、お前か……。まあ、失敗しても大きな損はないだろ。ギルドのカップも使わせてやるから、まあ、やってみろ」

コミルと廃糖蜜入りお茶、三〇〇ギル、普通のお茶、二〇〇ギル。冷たいのと熱いので、あわせて四種類。水筒代、四万。赤字覚悟で、各二〇杯ずつ用意した。

さあ、売り出しだ！

販売が初めてのダンと共に、お茶の販売に立った。

「冷たいお茶、温かいお茶、いかがですかー」

「疲れた体に、甘いお茶もありますよー」

冒険者のみんなは気にはなっているようだが、ダンが見慣れないためかなかなか来ない。

「よーう、ダン、アーシュ、甘くて冷たいやつくれ」

ギルド長さま！

「三〇〇ギルでーす」

「カーッ、冷てえなあ」

「ギルマスよー、なんだよそれァ」

「なんか冷たいお茶だと。これは甘いやつだ」

「へぇー、オレも一杯くれ」

「オレは甘いもんだめだ。温かい茶をくれ」

流れが来た。

慣れてなくてわたわたするダンだったが、なんとかフォローして売り終わった。冷たい飲み物に慣れないのか、温かいお茶の注文も多かったが、

「明日もやんのか」

と聞かれたりもしたので、まあ成功だろう。

「……疲れた」

「まだまだだねー」

と、いうことで、売り上げ発表です。

　一位、冷たくて甘いお茶、二〇杯！　三〇〇ギルのうち、利益二〇〇。四〇〇〇ギルの儲け。

二位。温かいお茶、二〇杯！　二〇〇ギルのうち、利益一五〇。三〇〇〇ギルの儲け。

三位。冷たいお茶、一〇杯。二〇〇ギルのうち、利益一五〇。一五〇〇ギルの儲け。

四位。甘くて温かいお茶、五杯。三〇〇ギルのうち、利益二〇〇。一〇〇〇ギルの儲け。

売れ残りが二〇〇〇の損として、儲け九五〇〇、差し引き七五〇〇の利益だ。

「すごい、のか」

「この調子なら、一週間で水筒代が出るよ？　その後は純粋に利益になる」

「オレさ、考えてたんだ」

「うん」

「来年からは王都だろ?」

「うん」

「セロとウィルが、冒険者としてがんばってる間、ただ過ごしてるのは、イヤなんだ。王都で、なにか試したい」

「勉強してるじゃない」

「それだけじゃ、追いつけないんだ！　いつだって、肩を並べて歩きたいだろ」

「どんなダンでもダンなのに……」

「アーシュはさ、甘えられるのか？」

「うーん……甘えるとか甘えないじゃなくて」

「なくて？」

「走り出したから、止まれない」

「っ！　くっ！　ははは！　アーシュらしいな。オレはね、まずは、走り出してみたいんだ」

「そうか、なら」

「『王都で、勝負だ！』」

試験期間、王都でのお茶販売が決まった瞬間だった。

メリルのギルドでのお茶販売は、九の月の二週から売り出したが、すぐ私は手を引いた。

ダンの商売だからだ。

その日の売り上げの傾向をきちんと押さえ、お茶の種類と数を予想して、売る。アドバイスはしつつ、ようすを見る。しかし二週間もすると、さすがに疲れたようだった。

アーシュ九歳一〇の月　ダンの成長

夕食後、

「疲れたよー」

と言うダンに、

「一人でやろうとするからだよ」

と言うと、

「手伝いはしてもらってるよ」

と答える。

「ねえ、ダン」

「んー？」

「来年、メリルでお茶どうするの？」

「どうって……」

「考えてなかったでしょ」

「……うん」

「ダンはさ」

セロが言う。

「いずれお父さんのあとをついでさ、人を使う立場になるだろ」

「うん」

「お父さん、事業を全部、自分でやってるの？」

「ある程度大きくなったら、人に任せてる」

「じゃあさ、ダンはさ、王都で一ヶ所でしか売らないの？」

「いや、少しずつ増やしていくつもりだ。あ！　全部、やらなくてもいいのか……」

「むしろ、手を離していかなきゃだよ」

「試験もあるしね」

あれ、そうだ。

「ダン、あれはやらなきゃ」

「そうだ、アメリアさん！」

アメリアさん、アメリアさん。

「なあにー、アーシュちゃん、魔力補充もっと増やしてくれるのぉ」

違います、ほら、ダン！

「あの、新しい魔道具を開発してほしいんです」

「あら。詳しい話を聞かせてもらえるかしら」

人が変わりましたよ！

「あの、水を入れると、自動で冷やされる水筒を作ってほしいんです」

「需要があるかしら」

「今、ギルドでお茶を売ってて」

「知ってるわぁ、甘くて冷たくて……それね！」

「今はアーシュに冷やしてもらってるけど、いずれ誰でも使えるようにしたくて」

「開発はお金がかかるわよ。売れるかわからないし」

「来年からは、事業を拡大する予定です。優先的に購入するし、何よりもアイデアを出したのはオレです。むしろ、儲けの種を提供したわけですし」

「やるわね！　わかったわ。冷蔵庫の応用でできると思うの。少し時間をもらえるかしら」

「お願いします！」

そうこうしているうちに、王都に試験に行く日が、やってきたのだった。

馬車は、領主さまと、ダンのお父さんが出してくれる。しかも、ギルドの護衛つきだ。試験を受けないニコとブランも、王都のダンジョンに潜るため一緒だ。子羊館は、規模を縮小して奥さん方に営業を頼んでいる。

「ダン、王都の西ギルド長に、手紙を書いておいた。やつなら柔軟だから、お茶の販売も許可してくれるだろ。あとアーシュ」

何でしょう？

「ついでに子羊レーション、出張販売してこい。領主のオーブン借りられんだろ」

そんな！　王都に行っても働けと！

「お茶売りに行くんだろ？　レーションと抱き合わせのほうが、売れるぞ？」

う、はい、わかりました。

では、お茶販売に、行ってきます！

じゃない！　試験、がんばってきます！

「走り出したから、止まらない、か。気をつけて、行ってこい」

アーシュ九歳一一の月　王都へ

王都までは、馬車で一週間だ。王都には、二週間滞在する。試験が一日、発表まで三日、残りは準備。そして最後の一週間は、ザッシュたち四人が冒険者として王都のダンジョンへ、セロとウィルは荷物持ちとしてやはりダンジョンへ、私とダンがお茶の販売、マリアとソフィーとマルはその時次第ということになる。

マルは、じっとしているのが苦手で、宿屋の手伝いでも市場の手伝いでも、体を使うことのほうが好きだった。一番好きなのは剣の訓練だ。だから本当は、冒険者として、せめて荷物持ちとして、ダンジョンに入りたかったに違いない。マリアとソフィーは、王都での買い物にそわそわしている。

私はとうちゃんとかあちゃんと時々旅をしていたから、馬車の旅は初めてではない。けれど、定期便で知らない人と乗り合わせ、かあちゃんの体調を心配する旅と、気心の知れた仲間たちと旅をするのでは、ここまで違うものだとは思わなかった。

楽しいのだ。

セロとウィルは、護衛の人のようすを一生懸命見ている。女子組は、おしゃべりばかりだ。ザッシュたちは、試験勉強の復習に余念がない。ダンジョンを核に街を形成するメリダでは、王都までは農業中心の小さい街しかなかったので、ほとんどが草原だ。遠くに山並みが見える。一一の月は晩秋で、空も高く、澄みわたる。

「何度も往復すると、退屈なだけだがねえ」

「若いというのは、よいものですね」

などと言われつつ、間もなく王都だ。

「ここが一番、危ねえんだ」

と護衛の人が言う。

「もう王都なのに？」

「そうだ。だが、王都のダンジョンは、『涌き』が多い。特に八の月から数ヶ月は、ダンジョンからあふれることも多いんだ」

「騎士団があるんでしょ？」

「ああ、だけどあの城壁を見てみろ。ダンジョンがあふれても、王都への侵入は難しい。あふれた魔物は、街道に沿って広がる。騎士団の対応が間に合わないこともある。つまり、王都に入る前の移動する旅人が一番危ないってこった」

「そうなんだ」

「ダンジョン上層の魔物だからなあ、そう強くはねえ。けど、数が多いから、壮観だぜえ。冒険者としてやっていくなら、覚悟だけはしておけよ」

「はい！」

王都に入る馬車の列に並ぶ。貴族や商人でも、よほどのことがなければ優遇されない。メリルは王都の東側なので、東門に並ぶ。王都は、北に王城があり、その足元に街がひろがる。周辺にはダンジョンも多く、すべて城壁で囲まれ、西門、東門、中央門の三ヶ所で外とつながる。ギルドもそれにあわせて、西ギルド、東ギルド、中央ギルドが存在する。騎士団も、各門を中心に配備される。

何もかもが、圧倒的だった。

順番が来る。

「メリル辺境伯と、グリッター商会ですね。今回の目的は」

「学院の試験の付き添いだ」

「おお、今年はずいぶん受験するのですね」

「うむ」

「すみませんが、一旦こちらで全員の確認をしますね」

ぞろぞろ受付に向かう。

「おお、辺境伯」

「おお、東門隊長どのか、久しいな」

騎士団東門隊長だ！　かっこいい！

「半年ぶりでしょうか、おい、早く確認してさしあげろ」

「すまんな」

「受験の付き添いとは、珍しい」

「今年は数が多いのでな、王都での用のついでだ」

「ほほう、なかなか賢そうな子どもたちで……ターニャ？」

え、かあちゃん？

「いや、そんな馬鹿な、幼子ではないか……」

「ターニャとは、アーシュの母御ではなかったか？」

「おお、ではお前はターニャの娘か！　よく育った……私を覚えてはいないか」

隊長が目の前にかがみ込む。覚えていない。そもそも小さい頃どこの町にいたかも覚えていないのだ。

と、セロとウィルとマルが、両側に立つ。隊長の後から、もう一人ついてきていた。

「さすがターニャの娘だな、すでにナイトができたか」

「副隊長、いきなりなんだ、失礼だぞ」

皮肉げな声に、隊長も困惑する。久しぶりにかあちゃんの名前を聞いて戸惑う私は気づかなかったが、副隊長の態度は好意的なものではなく、セロとウィルとマルはとっさに前に出てしまったのだった。

「相変わらずしゃべらないか。ターニャもそうだった、黙って守られるばかりで、そうしてトニアを巻き込んだんだ」

「よせ、二人が選んだことだろう。幸せは他人がはかれることではない」

これはなんだ、なぜ知らない人にとうちゃんとかあちゃんの話をされてるの？　なぜそんな冷たい目で私を見るの？　まだ戸惑う私に隊長が優しく話しかけた。

「思い出した、名前はアーシュマリアだったか。私たちはね、ターニャとトニアと同じ、王都のスラム出身なんだよ。まあ、幼なじみかな」

「一方的に面倒をかけられてただけだろ」

「アーシュマリア、お前が小さい頃も覚えているよ。まったくしゃべらなくて、ターニャのお人形と呼ばれていたね。まだしゃべらないのかな」

「相変わらず、お荷物か」

「ディーエ！　お前は！」

意地悪な合の手を入れる副隊長に、隊長が大きな声を出す。

前世の記憶がマイナスに響いて、しばらく頭で翻訳してからしゃべっていたので、小さい頃はゆっくり話を聞いてくれるかあちゃんとしかしゃべらなかったのは確かだが、そんな風に呼ばれていたなんて……。

「トニアも大変だな。ターニャだけでなく、娘もお荷物とはな」

なんだ、なぜこんなに悪意を向けられる？　いや、思い出せ。なぜ私は、とうちゃんとかあちゃんを守ろうとしていた？　初めはいつも大丈夫だった。けれど、長く街にとどまるほど、悪意は増えていった。かあちゃんをほしがり、チヤホヤするヤツら、勝手に勘違いして、かあちゃんを憎むヤツら、そしてとうちゃんをバカにするヤツら、憐れんで勝手に同情するヤツら、しまいには娘である私を利用しようとするヤツら……そうして、街を離れざるをえなくなったのだ。とうちゃんとかあちゃんは、「私たちが幸せなら、いいのよ」と苦笑するだけだった。

「いい加減にしないか！」

隊長が怒る。

マルが私の肩を抱く。マリアとソフィーが寄り添う。ザッシュたちが、背後に立つ。そしてセロとウィルは剣の柄に手をかける。

「ほう？　騎士を相手にするつもりか」

さあ、胸を張れ！

「あなたは、だれですか？」

「ほう、口がきけるか」

「さっきからいろいろ言っていますが、名前も知らない人にとうちゃんとかあちゃんのことを言われる筋合いはありません」

「聞いてなかったのか、俺はディーエ、トニアの幼なじみだ」

「へえ、知らなかった。幼なじみっていうのは、困った時に助けてくれる人だと思っていました。悪口を言う人のことだったんですね」

「トニアのことは何も言っていない！」

「あなたの言う幼なじみは、自分を一番に考えてくれる人のことなんでしょう」

「なんだと」

「とうちゃんとは友だちだったかもしれない。けど、かあちゃんを選んだとうちゃんは、もう友だちじゃなかったんでしょ」

「！」

「友だちを失ったのは、かあちゃんのせいでも、私のせいでもない、あなた自身のせいでしょう」

「お前に何がわかる！」

「私には、とうちゃんとかあちゃんが幸せだったことだけはわかる」

「幸せだった……」

「そうやって、いつまでも、とうちゃんと離れたのをかあちゃんのせいにして生きていけばいい」

「……」

「悪意も、後悔も、もう二人には届かないのだから」

「！」

「ターニャとトニアは……」

隊長が静かに聞いた。私は首を横に振った。

「もうすぐ、二年になります」

「「……」」

「そろそろいいかね。試験の前なのでね、あまり動揺させないでもらいたいのだが」

「すまなかった。辺境伯、どうぞ、王都での滞在をお楽しみください」

涙を落とすな！　上を向け！　振り向くな！


「トニア、死んじまってたのか……」

「お前、あれはターニャと瓜二つだが、トニアの娘でもあるんだぞ？」

「トニアの、娘」

「死者に鞭打ち、幼い子をいたぶるのが、幼なじみのすべきことなのか」

「……」

「輝く琥珀の瞳。ターニャより、強い目をしていたな……」

王都初日。試験まで、あと二日。

結局、

「とうちゃんとかあちゃんは、幸せだったもん」

と泣きじゃくってしまった私はしかたないと思う。

その日は、ダンの王都の屋敷に男子組が、領主さまの屋敷に女子組が泊まることになった。領主さまの屋敷なのに、領主さままでが男子組に行ってしまった。解せぬ。代わりに、先に王都に来ていたダンのお母さんが加わった。

メイドさんにピッカピカに磨きたてられた私たちは、一部屋に集まっておしゃべりをした。

「聞いたわ、今日は災難だったわね……」

ダンのお母さん。

「うちのかあちゃん、何でかどこに行ってもトラブルに巻き込まれて、結局街を離れることが多かったんです。なんにもしてないのに」

「まあ、アーシュちゃんを見てればわかるわ」

「私はトラブルはないですよ？」

「まだ小さいからよ。ねえ、見て、アーシュちゃん。マリアとソフィーの美しいこと」

私はダンのお母さんと一緒に改めてマリアとソフィーを眺めた。自慢の姉さんたちだ。

「ホントにきれい！」

「アーシュはちょっとおバカさんよね」

「ほんとにね」

「ええ、マリア、ソフィー、なんで？」

「マルもそう思う」

「マルまで！」

「アーシュちゃんは、自分を鏡で見たことはあるかしら？」

「髪と目の色は知ってます」

鏡なんて高級なもの、見たことがない。

「見たことないのね……ちょっといらっしゃい」

衣裳部屋に連れて行かれた。

「ほら、これがあなたよ？」

「かあちゃんだ……」

鏡の中には幼い頃から見てきたかあちゃんがいた。

「波打つ黒髪、琥珀の瞳。あなたのお母さんはね、琥珀の姫と呼ばれていたそうよ」

「琥珀の姫。スラム出身なのに？」

「そう、そしてお父さんはね、最弱のナイトと呼ばれていたの」

「……最弱って……」

「ひどいと思う？」

「ホントに弱かったから」

情けなくも優しいとうちゃんを思い出す。

「琥珀の姫と、最弱のナイト。何もかも捨てて、お互いだけを愛した恋物語として、けっこう有名なのよ」

何をやってるの、とうちゃん、かあちゃん……。

「そして何もかも諦めた孤高のナイト、それが東門騎士隊長、リカルドよ」

「はい？」

「愛したターニャを守りたくても、孤児たち全員の幸せを選ばざるを得なかったリカルド、その側に控えるディーエ。親友だったトニアとリカルドを引き裂いたターニャを、ディーエは許せなかった。そして長じて二人で王都を守っている」

なんじゃそれ。隊長さん、リカルドっていうんだ。

「まあ、おしゃべりとロマンスが好きな王都の女子のたわごとかしらね。当時王都にいた若者の多くは、同世代のね、スラム育ちだけどかっこよくて強いリカルドとディーエ、そしてターニャのことを知っていたと思うから、そこからの情報よ」

けっ。好きなら押し通せ！　大事なら守り抜け！　何もできなかったヘタレ男子が、いたいけな九歳女子をいじめるんじゃない！

「ロマンスのかけらもないわね……」

「だからおバカさんなのよ……」

そんな。

「ねえアーシュ、私もソフィーも、わかりやすく美しいでしょ？」

マリアがそう言う。

「うん」

「だからね、男子からは声をかけられるし、女子からは嫉妬されていじめられるし、ザッシュやクリフ狙いの子たちにはからまれるし」

「私もよ。ニコとブランも結構人気があって、見えないところでいじめられるんだから」

「ほー」

「そこを賢く乗り切るのが女子なのよ！」

「はー」

「ターニャって、たぶん自分に無自覚で、それでいろいろ引き寄せてたんじゃないかしら」

「そうだったのか！」

無自覚かどうかはわからないけれど、策略とか争いとか、そういうのとは無縁の人だった。

「だからね、アーシュ。あなたも気をつけなさい」

「う」

「あなたは美しいわ」

「え」

「自覚しないとターニャの二の舞よ」

「むずかしい……」

「取りあえず、おしゃれしたまま、明日セロをこう、下から見上げてごらんなさい」

「何で？」

「それで何かがわかるはずよ」

何のことやら。

次の日、ピカピカの私たちは、男子組をホールで出迎えた。

男子もピカピカになっていた。ステキだ。ニコニコと出迎える私たちを見て、男子が黙り込んだ。

その後、あ、とかう、とか言いながら、あちこちを眺めている。

どうしたんだろう。

「さあ、アーシュ」

え、やるんですか？

あさっての方を向いているセロの服を握って見上げる。

「セロ？」

ボンッ。真っ赤になった。あれ、なんだろ。

ボンッ。私も真っ赤になった。あれ。

「あーあ、やってらんねー」

「さー、勉強だー」

男子がぞろぞろと動き出した。

マルが、ね？　と顔を傾けた。

うん、私、少しおバカさんだったかもしれない。


いよいよ試験の当日だ。八時までに集合で、九時から試験になる。午前中に、国語、算数、歴史になり、お昼をはさんで、午後から地理、作文である。学院の入り口まで送ってもらって緊張しながら受け付けをすませたが、仲間が八人もいるので、教室では楽だった。が、周りから見られているような気はした。

昨日までの私なら、ザッシュたちがかっこいいから、とか、マリアとソフィーね、と思っていただろうが、今日からは女子力が違うのだ。目が合った子ににっこりとほほえみ返したら、目をそらされた。女子力はついていなかったようだ。むやみにほほえむなとセロに怒られた。

一つの教室には三〇人ほど。説明の後、紙が配られ、さあ、試験のスタートだ。

あれ、簡単だ。すぐに終わってしまった。あっという間にお昼になった。

地理は？　簡単だ。

それでは、作文は？

「作文の題は『魔石の利用について』です。時間は一時間、枚数は一枚以上は書きましょう」

ため息が出ている。そうだよね、みんな作文苦手だよね、わかる！

さて、魔石の利用か。魔力補充の問題でも、考えてみましょうか。半永久的に冒険者から魔力をしぼりとる方法っと。ふふふ。あ、時間だ、そろそろまとめなきゃ。

「はい、終わりです。お疲れさまでした。合格発表は、三日後の一〇時に、受け付けたところで行います」

終わったー。どうだった？　男子組が応えた。

「まあ、あんなもんかな？」

「どのくらいで、合格かな？」

「七割以上らしいぜ」

「なんとかなったかな」

女子は余裕だ。

さあ、領主さまの屋敷に帰ろう！　歩きながら、ダンと相談する。

「アーシュ、合格までの間に、ギルドでお茶の販売の許可をもらおう」

「そうだね、でもそれならお茶の見本と、レーションがあったほうがいいよ」

「じゃ、今日は無理か」

「予約だけ入れてもらおうか」

「西ギルドってどこだろう」

「それなら私が案内するよ」

「ノアさん！」

領主さまの屋敷の前で、あかつきのノアさんが待っていた。涌き以来だ。

「きっと試験に来ると思ってね、待っていたんだよ。試験はどうだった？」

「そんなに難しくなかったと思う」

「そうだろうね。七の月には、余裕で合格ラインだったからね」

「合格するといいな」

「大丈夫さ。さあ、遅くならないうちに行こう」

「はい！　領主さま、行ってきます！」

「ところで、何しに行くんだい？」

「オレ、メリルのダンジョンでお茶の販売を始めたんです」

「お茶かい？」

「ダンジョンから上がってすぐ、お茶があったらうれしいでしょう」

「確かにね」

「メリルでは結構人気なので、この機会に王都でも試してみたくて」

「なるほど」

「それでメリルのギルド長が、王都の西ギルドならって」

「あと、子羊レーションも売ってこいって」

「あれが西ギルドで買えるのか。それは買いに行かなきゃね」

「これから作るんですけどね」

西ギルドについた。支部と言っても、メリルの二倍はある。中に入ると、受付の形はメリルと一緒だ。

「すみません、ギルド長にお会いしたいんですが」

「まあ、子どもがこんなところ、だめよ、約束がないとお会いできないわ」

「これをお願いします。メリルのギルド長からの手紙です」

「何言ってるの。だめって言ってるでしょう」

「手紙だけでも見せてください」

「子どもだと思って、わがまま言わないのよ」

受付が手ごわい。

「あー、きみ」

「まあ、ノア様」

「この子たちの件、ギルド長に通してやってくれないか」

「ノアさまのお知り合いなら……少しお待ちくださいｏ　ほら、それ、寄こしなさい」

「こんなことだと思ったよ。ついてきてよかった」

「メリルと全然ちがうね」

「メリルはね、かなり自由がきくんだよ。王都は堅苦しくてね」

「お、お待たせしました、ギルド長がお会いになるそうです」

「じゃ、行ってきます」

「ノアさまは行かれないんですか？」

「なぜ？　彼らの用事だよ。終わるまで、待たせてもらうかな」

王都は、ひと筋縄では行かなそうだ。

さあ、ダン、いざ、行きますか。

呼ばれて部屋に入る。

夕方の陽の差す窓辺に、細身の、背の高い男が立っている。

「そこにかけたまえ」

「失礼します」

「王都西ギルド長のグレアムだ」

「メリルから来ました、ダニエル・グリッターです」

「同じく、アーシュマリアです」

「さて、グレッグによると、臨時の販売所を開きたいそうだが」

「はい、今日はお話の約束を取り付けられればと思って来ました」

「現在、ギルドでも併設の食事処で、飲み物は飲めないことはないが」

「はい、私たちがメリルでやっているのは、受付のすぐ近くで、その場で立ったまま飲める形です。また、甘いお茶冷たいお茶も提供しますので、疲れた冒険者に最適です」

「甘いお茶など想像もつかないが」

「ですから、今日は次回の約束をお願いし、その時に見本を持ってくるつもりでした」

「なぜ今日持ってこなかった」

「……学院の試験が終わってすぐに来ましたので」

「……ああ……」

グレアムさんは納得した表情になった。

「一週間だけやってどうするんだ」

「好評であれば、来年からは常駐で販売できればと考えています」

「こちらにメリットがないな」

「ギルドにかかる負担は、場所の確保だけです。それも、売店の隣の一角を貸してくれれば十分です。その手間で、冒険者が少しでも気分がよくなれば、よい働きが期待できるはずです」

「よい働きか」

「逆に西ギルドは何を求めていますか?」

「何を?」

「冒険者の人が、どう快適になるかです」

「そんなもの、自己責任だ」

「よい食事と飲み物は、体を強くし、心をやわらげます。特に独身の人にとっては、自分で用意する必要のない食事や飲み物はありがたいはずです」

「ふん、まあ、いい、大きな損はないだろう。やってみるがいい」

「あ」

私は思わず声を出した。

「なんだ」

「メリルのギルド長と同じこと言った」

「やつと一緒にするな。ところで子羊レーションの販売ということだが」

「それはアーシュが」

「お前が？」

「はい、ギルド長についでに出張販売してこいと言われて来ました」

「メリルに行ったやつが噂してたやつか、長持ちするという」

「はい、一ヶ月ほど持ちます」

「しかし、メリルから持ってきても、一週間はたってるだろう」

「だから、売る前日に焼き上げて来るつもりです」

「待て、誰がだ」

「私がですが」

「お前がか？」

「はい」

「お前がメリルの子羊か……」

「メリルで子羊館という宿屋をやっています。メリルにお越しの際は、ぜひご宿泊を」

宣伝宣伝っと。

「……とりあえず、初日三〇用意できるか」

「大丈夫です」

「いつからできる」

「あさってからなら」

「では、四時から六時まで、二時間の営業を許可する」

「ありがとうございます。あの、受付の方にも、営業のことは言っておいてもらえますか。門前払いは困るので」

「クックッ、アリスにやられたか」

「はあ、まあ」

「あいつは早とちりでな。まあ、やってみろ」

「ありがとうございます！」

許可がおりた！

「ノアさん、やったよ！」

「許可が出たか、よかったな」

「アリスさんも、ありがとうございました」

受付にも頭を下げる。

「え、まあ、いいのよ」

「あさっての夕方から一週間、お茶の出張販売に来ますので、よろしくお願いしますね」

「お茶の？　許可は出たのね？」

「はい」

「ならいいのよ。荒くれ者が多いから、気をつけるのよ」

「はい！」

「私も寄らせてもらおう。楽しみだな。さて、帰ろうか」

アリスさんに見送られてギルドを出ると、ノアさんが言った。

「よく受付を懐柔（かいじゅう）したな」

「早とちりってギルド長言ってたから。案内を断られたけど、言ってることは子どもの心配ばかり。いい人だよ？」

「そうか、いけ好かぬ女とばかり思っていたが、私もまだ経験が浅いな」

「女は難しいのよ」

「クッ、なるほど！」

領主館には、東門隊長と、そしてあの本当にいけ好かないやつが待っていた。

「ダン、アーシュ、ギルドのほうは」

と領主さま。

「はい、あさってから許可がおりました。明日は調理場を貸してください」

「よかったな。で、東門隊長と副隊長が来ておるが」

「何の用でしょうか、お荷物など放っておけばよいのに」

「そう、木で鼻をくくったような言い方をしてやるな、謝罪だそうだ。ここではなんだ、別室を用意しよう」

「外で十分だと思います」

「アーシュ……」

「いや、すまない、すべてこちらが悪いのだから。外では君が風邪をひくだろう。ターニャはすぐに熱を出したぞ。よければ部屋に案内してもらえないか」

「では、こちらへ」

王都はメリルより北よりだ。晩秋と言えど、夜は冷える。領主さまは、応接室に暖房を用意してくれていた。

ソファーに、リカルドとディーエと向かい合って座る。領主さまが左に、マルが右に。ソファーのうしろに、セロとウィルが立つ。入り口の小テーブルにマリアとソフィーがひっそり座り、ザッシュたちは壁を背にして立つ。ダンはいなかった。

「万全の布陣だな」

「ディーエ！」

怒られてそっぽを向く。ふん、ヘタレが！

「このとおり、ねじ曲がってはいるが、先日の件は反省している。すまなかった」

「……」

「ディーエ」

「すまなかった」

「……謝罪を受け入れます」

言いたいことはたくさんあるけど、とうちゃんとかあちゃんなら、苦笑して「いいのよ」と言うだろうから。

でも、気まずい……。その時、ドアが開いた。

「お茶を持ってきました」

「ダン！」

「ほう、これはめずらしい。いただこう」

ホッとした空気が流れた。

「「甘い！」」

「甘いものが苦手でないとよいのですが」

「温かくて甘い。疲れた体にしみ入るようだ。これは君の商会で扱っているのか？」

「いえ、これはオレとアーシュと二人で考えたものです」

「なんと！　騎士の休憩にも取り入れたいものだが」

「これを、あさってから夕方に、西ギルドで販売するんです」

「東ギルドならよかったのだが」

なごんだその時、ヘタレが声を出した。

「あー、トニアとターニャは残念なことをした。本当に、すまなかった」

「……はい」

「二人が亡くなってから二年近く、一人でよく頑張ったと思う。知らなかったこととはいえ、無神経なもの言い、申し訳なかった」

とリカルド。

「学院を受けたということだが、どうだろう、来年から王都なら、私たちに後見させてくれないか。もちろん、辺境伯からも大事にされているとわかってはいるが。ターニャとトニアには、何もしてやれなかったが、今、君のことなら見てやれる」

驚いた。ありがとう、と言うべきなのだろう。見知らぬ他人をここまで気にかけてくれる。でも、なにかが私の返事をためらわせる。

その時、肩に手が触れた。マリアだ。ソフィーはマルの肩に手をかけている。マリアの口が、笑って、と動いた。

「リカルド、ディーエ、聞いたことはないか、メリルの最近の噂を」

「辺境伯、メリルは今、話題の中心です。そう言われましても、噂がありすぎて」

「では、メリルの子羊館は」

「おお、それならば。丘の上の子羊館、美人四姉妹が出迎える、若い冒険者のあこがれの宿屋、です、な……もしや」

肩に力がかかる。はい、四人でにっこり。

「では、子羊レーションや子羊ランチは」

「いずれもメリルでしか手に入らぬと噂の……それもか」

「そう、ここにいる子どもたちがメリルの誇る子羊だ」

領主さまは続けて言う。

「東門隊長の後見の話、私としても何よりありがたい。しかし、おそらく子どもらは、学費ですら私たちに頼るつもりはないのだろう？」

みんなうなずく。

「謝罪したのだから、君たちもこれ以上負担に思うことはないのではないか」

「しかし、ターニャとトニアの幼なじみとして……」

リカルドはなおも言いつのる。

そうか、そうなのか。リカルドとディーエは、私を通して、とうちゃんとかあちゃんを見ているだけ。私自身を何も見ていないから、うなずけないいんだ。彼らにとっては、哀れな子羊。でも私はメリルでしっかり生きている。知らない人にお世話になるのは居心地が悪い。

「アーシュは一人でも立っていられる。立っていられない時は、オレたちが守ります」

「セロ……」

「オレが、だろ」

「ディーエ！」

「必要ないならいいさ。でも、いつでも頼れ！　本当にすまなかった」

ヘタレじゃなくなった！　でも、ありがとう！

「では、遅い時間にすまなかったな」

とリカルド。

「いえ、ありがとうございました」

「また、顔を見に来ていいか」

リカルドはまた優しい目で私を見た。なんで？　かまわないけれども。

「あさってから、お茶の販売か。がんばれよ」

頭をなでられた。

「また見に来てやらんこともない」

こちらはヘタレだ。けっこうです！　あっかんべーだ。

「なっ？」

そんなにカンタンに、許してやらないんだから！


「セロ、ダン」

「ザッシュ、わかってる」

「リカルドには気をつけないと」


次の日。朝からレーションを焼いた私は、ダンと今日の段取りを話し合っていた。

「数はどのくらい用意する？」

「レーションは念のため一〇余分に焼いたよ？」

「余分か。昨日のようすでは、必ずしも好意的ではなかったしね。売れないことも考えられるし、どうしようか」

「んー、今回は市場調査だしね。正直、利益は考えなくてもよいのでは？」

「ギルドの規模も、冒険者の数も二倍以上だからね、普段よりは多くしようか」

「冷たいものはどうする？」

「メリルではもう出してないんだ」

「お試しで各一〇ほどどうだろう。なくなったら声はかけないことにして」

「じゃ、あったかいのは」

「各五〇」

「ギルドの職員に出す分は？」

「じゃあ、甘いのプラス一〇」

「レーションも試食用は別に用意したよ」

「では、三時頃到着で行こうか」

「行こう！」

「マルも準備オッケー」

今日は、マリアとソフィーはダンのお母さんとお買い物だ。ザッシュたちは、四人で組んで東のダンジョンへ。セロとウィルは、荷物持ちとしてあかつきに連れられていった。マルは私たちのお手伝いだ。

お昼を食べて、さあ、西ギルドへ！

「こんにちは！　あ、アリスさん！　今日はよろしくお願いしまーす」

「あら、頑張って」

あいさつは大事だ。

長机を借りて、レーションを積み上げ、隣にお茶の用意をし、小銭をそろえ、さあ、これは欠かせない、昨日みんなで書いた、「子羊館出張所」ののぼり。

ギルドは、四時前頃からダンジョン帰りの冒険者で忙しくなる。その前に、

「お疲れさまでーす、コレ味見で」

と、甘いお茶とレーションの試食を配る。受付は女性が多いので、いけるはず。

「おいしいわー」

「ギルド長にも誰かお願いできないでしょうか」

「直接持っていってもいいわよ」

あれ、おとといあんなにしぶったのに……。

まあいいか、トントン。

「入れ」

「お茶の差し入れです」

「そうか、どれ」

熱いですよ？

「ふーん、うまいな。レーションもいける」

ありがとうございます。夏は冷たいのもおいしいですよ？

「飲んでみたいものだ」

残り冷やしましょうか？

「これをか？」

はい、カップを貸してください。ほら。

「冷たい。夏はよさそうだ。その魔法はなんだ?」

「生活魔法ですよ」

「そんな生活魔法はないが」

「そうなんですか」

では、売ってきます。

「ああ」

パタン。

「なんだあの魔法は……」


さあ、チラチラ見てる人が出てきましたよ。

「「では、行きますか」」

「疲れた体に、あったかーいお茶はいかがですか、甘いお茶もありますよ」

「おう、ダン、アーシュ」

「あれ? お兄さん、王都に来てたんですか」

「おうよ、たまにはな」

「甘いお茶いかがですか」

「一杯もらうかな」

「三〇〇ギルでーす」

「ふー、うまいな、ほっとする」

「レーションの味見はどうですか」

「味は知ってるけどな、もらうかな」

「オレにもくれ」

「ありがとうございます」

「レーションもありますよ、一ヶ月持ちますよ」

「二つもらうかな」

「ありがとうございます」

結構売れました。やはりレーションは売り切れました。

さあ、あと少しで六時だ！

「おい、あれ」

「なんで西に来てんだ」

「なにかあったのか」

ギルドがざわついた。

「ん？」

「チッ。来やがった」

「ダン？」

「やあ、アーシュマリア」

「オレもいますけどね」

「あーグリッター商会の」

「ダンです」

「お茶はまだ残っているかい」

「はい！　リカルドさん、残っててよかったです」

「やはりうまいな。噂のレーションは？」

「すみません、売り切れてしまって」

「残念。もう終わりならどうだろう、この後食事でも」

おお、ご飯のお誘いだ。でも残念。

「これからみんなと食べる予定なんです」

「王都にいる間、いつかどうかな」

「あーちょっとまだ……」

けっこう忙しくて予定が立っていない。あ、向こうからセロたちがやってくる。

「おーい、ダン、アーシュ」

「ザッシュ！　セロ！」

「まだお茶余ってる？」

「甘くないのが」

「それでいいや」

「じゃ、みんなと帰ります、わざわざありがとうございました」

「しかたない、またね」

動向を見守っていた冒険者たちは肩の力を抜いた。

「帰ったぜ」

「茶ァ飲みに来たのか」


ということで、王都でもお茶は売れそうです。

そして明日は試験の発表だ！


採点が終わり、学院の教師たちは、会議室に集まっていた。

「今回は、異例ですぞ」

「特待生が、一二人も出るとはね」

「例年のごとく、王都の地元生からは二人ですな」

「西領から一人」

「そしてメリルから九人とは……」

「西領一人と、メリルのうち六人は、学外希望ですな」

「それも久しぶりのことです。異例ずくめと言えましょう」

「ともあれ、七割を超えればいいという昨今の風潮の中、特待生として九割五分を超えた生徒が一二人もいるのは好ましいことだ」

「そのうち四人は満点ですからな」

「また、作文の秀逸なこと」

「特に魔石の輸出を考えたセフィロス君、日常での新規応用を考えたダニエル君、魔石の再利用推進のアーシュマリア君の作文は、そのまますぐに実行すべきと言えますな。もっともアーシュマリア君は、足し算を間違えて満点ならずではありますがな」

「学院入学の下限の年齢ですから、やむなしでしょう」

「辺境伯も、鼻の高いことだ」

「では、一二人については合格発表後呼び出しでよろしいですかな」

「新入生代表は、年齢からザッシュ君で」

「公爵家の三男も主席の一人ですが」

「建前は身分の差はなしですからな、ここは平民を前に出したほうがよろしいでしょうて」

「では、明日の準備を始めますかな」


昨日のお茶販売は疲れたが、大成功だったと言える。なのに、

「アーシュ、王都に来てから訓練してないよな？　明日からお茶の販売後、西ギルドで訓練だ。夕方からは空いてるそうだからな」

とセロに言われました。がんばりすぎじゃない？　え、オレたちは朝からダンジョンに行ってる？

はい、すみませんでした。

結局、売り上げは、レーション四〇で一二〇〇〇、甘いお茶五〇で一〇〇〇〇、普通のお茶五〇で七五〇〇、冷たいお茶類売れ残りで二〇〇〇の損、試供品で三〇〇〇の出費、差し引き二四五〇

○ギルの利益だった。ただし、ギルドからカップは借りられなかったので、マグカップ五〇〇ギル
五〇個、二五〇〇〇ギルの投資となる。この投資は来年にも生かされる予定なので、よしとする。

やはり、規模が大きい分、売り上げも大きい。何より、やはり飲み物の需要はあるということが
わかった。これからしばらくだけど、がんばろうね、ダン。

早起きして九時までにレーションを焼き上げて、さあ、試験の発表に出発だ！

学院につくと、既に多くの子どもたちと親が来ていた。合格者は、成績順に張り出されるらしい。

あ、誰か来たようだ。張り出される。

うわっと歓声が上がる。くそう、小さくて見えないよ……なに！

「ザッシュが一番だ！」

やった！　目のいいニコが読み上げてくれる。

「えーと、クリストファー？　ダニエル！　セフィロス！　ここまで満点だってさ」

早く早く！

「えー、アーシュマリア、シルバー、ウィリアム、マリア、ソフィー、クリフ、マーガレット、リ
アム、ここまで特待生だってさ！」

「やったーって、特待生って？」

「以上の者は、特待生につき、別室に集合のこと、だそうだ」

「領主さま！」

「うむ、誇らしいとしか言えぬな」

「ダン、満点とは……よく頑張りましたね……では、保護者として、まいりますか」

「「はい！」」

別室とは、試験を行ったうちの一室だった。既に教師が三人、そしておそらくクリストファー君とリアム君と思われる男の子と、その父親が先に来ていた。

「やあ、辺境伯どの、付き添いか。今年はメリルは大豊作だな」

「いやいや、たまたまです。公爵も、今年はご三男が受験でしたな、誇らしいことだ」

「まあ、三男ともなれば、自分で身を立てねばならぬ。お互いに良き友となって切磋琢磨してくれるとよいが」

「そうですな、子どもとはいえ、学ぶべきことも多かろう」

「おお、西領の」

「久しいな、これがうちの期待、シルバーだ」

「おお、よろしくの」

「集まりましたかな。はい、では、皆さん、特待生合格おめでとう。この一二人の成績優秀者は、点数が九割五分を超えた者たちです。学院と、卒業後の活躍の期待を込めて、学費、寮費とも無料です」

やった！　私たちは静かに喜んだ。

「学外生もおりますが、夏の特別授業のおり、寮費無料で滞在ができますぞ」

「はい！」

「試験の総括として、満点の者は言うに及ばず、特に作文が秀逸でした。苦手と思われる教科については、この後個人的にアドバイスがあります。また、教科書類は三年分、先渡しなので、勉強をどんどん進めてください。また、ザッシュ君は主席かつ最年長なので、入学式で代表挨拶をお願いします。以上、なにか質問は？　では、詳細は冊子にて」

ふうー、お金かからなくてよかった！

「君がアーシュマリア君かね」

は、はい！　お年寄りの先生に声をかけられた。

「小さいの」

ほっとけ！

「間違いは、算数の、足し算のミス一個じゃよ」

……。

「作文は、おもしろかったですぞ。学院では、何を学びたいかな？」

帝国語と、文学を。

「ほう、これはこれは。帝国語は私が教えておる、入学後はよろしくの」

よろしくお願いします。

「うむ」

「小さいな」

またか、ほっとけ！　って、クリストファー君？　リアム君？

「クリストファーだ、クリスと呼べ」

「僕はリアムだよ」

「成績優秀者が多くて、やりがいがある。王都のことなら私たちに任せてよい。では、よしなに頼む」

よしなに！　ははーって言いたくなるよ。おもしろい人だね。

「来年からよろしくな！」

ってことで、全員合格です。あ、お茶販売に行かなくては。

「お茶？」

「西ギルドで夕方売ってるよ」

「この年で仕事か、不憫な……」

ん？　不憫じゃないけどね？　ダン、行こう！

「行くか！」

今日もお茶はやはり売れた。レーションはやはり足りなくなったが、これ以上増量することはできない。

途中でギルド長が、

「学院どうなった」

と来てくれた。

「特待生合格です」

と言ったら喜んでくれて、お茶を一杯買っていった。

ダンと二人でニコニコしていたせいか、お茶を飲み終わっても、まわりに残っている人が多かった。

そろそろ六時になる頃、

「アーシュマリア、買いに来たよ」

とこの人が。

「リカルドさんだ」

「俺もな！」

「ディーエだ」

「呼び捨てか！」

「チッ、今日も来やがった」

「ダン？」

「合格したんだってね、おめでとう」

「おめでとさん」

「ありがとうございます」

「ちなみにオレ、主席ですけどね」

「そうか、おめでとう」

「そうかって……興味なさすぎだろ」

「今日はお祝いかな」

「いえ、この後訓練なんです。お祝いは明日で」

「訓練て、アーシュマリア」

「冒険者を目指してるので」

「危険な仕事だ。体も心配だし」

「まあ、ははは……」

どうしたんだろう。私丈夫なんだけどな。

「アーシュ、ダン！」

「セロ！」

「そろそろいいか？」

「うん、片付ける」

「アーシュマリア、私も行こう。危ないかもしれないからな」

心配性なの？

「訓練だってよ、かわいいな」

「オレたちも見にいこうぜ」

「教えてあげてもいいな」

なぜかぞろぞろ移動が始まった。

訓練は、今日はノアさんとイーサンさんがつけてくれる。残りは、それぞれと組み合ってやる。

私はたいていマルと組む。マルは体力が余っていたようで、激しく打ち込んできて、押され気味になる。

「女の子組、けっこうやるな、特に金髪のほう」

「太刀筋がいい」

「黒髪のほうも、けっこう返してるぞ」

「オレたち教わる側かあ？」

冒険者たちはワイワイ見学している。訓練すればいいのに。

「アーシュマリア、危ないことを」

「リカルド、どうした、冒険者では普通の訓練だろ」

「しかしアーシュマリアはまだ九歳で」

「早くからやっちゃいけないのか」

「そうではないが……傷でもついたら」

二人が話していると、

「リカルドさん！」

セロが呼ぶ。

「よければ、稽古を付けてくれませんか」

「私でよければ」


「おい、見ろよ、東門隊長が出るぜ」

「ああ、見ものだな」


カーン、カン、カ、カンと、軽く打ち合わせる。

と、セロが飛んで離れ、カーン、と打ち込む。リカルドさんは軽く捌（さば）いていく。剣を合わせ、

「オレ程度では、本気になれないですか」

「いや、その年にしてはなかなか」

「チッ」

カーン、カン、カンカン、ガツッ。

「リカルド、訓練なんだ、本気を出してやれ！」

ディーエの声が飛ぶ。

「しかしな」

カツッ！

「！」

「ほら、一本」

「はは、セロ君にはやられたな」

「チッ」

セロは勝ったのに悔しそうに舌打ちした。そして今度は私を呼んだ。

「アーシュ」

「はい！」

「お前が相手してやれ」

「リカルドさんの？」

「そうだ」

「いや、待ってくれ、アーシュマリアは」

「リカルドさん、冒険者に男も女もないですよ」

「ノア、しかし」

よし、訓練してもらおう。いつも剣の師匠に訓練してもらっているのだ。強い人とやれるのはうれしいことだ。

「では、リカルドさん、お願いします」

「あ、いや」

カーンと、引き気味のリカルドさんの剣に私の剣が当たる。

「ッ」

カーン、カン、カ、カン、カン。

カン、カ、カッ！　リカルドさんの剣が飛んだ。

「アーシュマリア、待て」

「参ったな、アーシュマリア、強いね」

この人は！　セロがなぜ怒ったのかわかった。この人は何もわかってないのだ。東門隊長なのに！　私は素手のリカルドさんに打ち込む。卑怯だって？　ダンジョンでは武器を手放したら自殺行為なのだ。

カッ。

「待て、アーシュマリア、お前が怪我をするから」

そうでしょうとも。九歳が隊長にかなうわけがない。でもね、

「剣を拾え、リカルド！」

「……アーシュマリア？」

「剣を拾え！　冒険者が、剣から手を離すな！」

「アーシュ……」

「剣がなければ、魔物にやられる。覚悟のないやつが、ギルドの訓練場に立つな！」

「あ……」

「とうちゃんは、ダンジョンで死んだ。弱いから練習するんだ！　冒険者を目指す私たちをばかにするな！」

「トニア、ターニャ……」

「体の弱かったかあちゃんはここにはいない！　ここにいるのは、アーシュ！　剣を拾え！」

リカルドさんがのろのろと剣を拾う。カッ！　カンカン、カン、カーン、カン。

目が合った。

「……ターニャ」

カッ。

「ターニャは、もういない」

死んだんだ。私を残して。カッ、カン、カン、カン。リカルドさんの目の焦点が合う。

「アーシュマリア」

私を呼ぶ。違う。

「アーシュと！」

「アーシュ」

「はい！」

カンカン、カン、カーン、ドサッ。一発で跳ね飛ばされた。本気になったらこれだ。本気ですらないかもしれないが。

「アーシュ！　大丈夫か！　すまない」

「大丈夫です」

私は起き上がって砂をはたくとリカルドさんを見た。

「最初から本気でやってください」

「！」

「セロ！　交代！」

「今度は、ちゃんとお願いします」

「わかった」

本気になった隊長には、みんなボロボロにやられた……。

今日、合格発表だったのに……。


「お前な、リカルド」

「なんだ」

「あの子はターニャに瓜二つだけど、ターニャじゃないんだ」

「……俺、気持ち悪いやつになってたか」

「おう、ドン引きだぜ」

「本当に、強い目をしてた。もう、守らなくていいんだな……」

「ターニャは、ほんとに守られたかったのかな」

「守られたくないから、トニアを選んだ?」

「かもな。俺たちも、過去とは決別だ」

「剣を拾え、か」

「まずは嫁を拾おう」

「嫁か」

「「遠いな……」」


お祝いの日もお茶の販売は続け、一〇日間やったことになる。結局、アーシュ分レーション一二万ギル、ダン分一四万ギル。そのうちマルにアルバイト代として各三万ずつ渡した。ちなみに東門隊長は、相変わらず時間を見つけてはやってきていた。

「実際は学院に行くから、人件費けっこうかかるよ」

「儲けも大事だけど、今は自分のできる商売の形をいろいろ探してみたいんだ。それに、孤児や若い奥さんをなるべく雇おうと思うんだ」

「ダン……」

「アーシュも収入の少ない人、先に雇ってるだろ」

「気がついてた?」

「うん」

「明日のパンがない暮らしは、厳しいからね」

最終日、西ギルド長に呼ばれた。

「お茶の販売、お疲れさまだったな」

「機会をくれて、ありがとうございました」

「評判もいいし、続けてもらいたいくらいだが」

「そのことでお話があります」

「なんだね」

「オレは来年四の月から、学院に来ます。その時に、またお茶の販売をさせてもらいたいんです」

「しかし学業との両立は難しいだろう」

「人を雇います」

「人を？」

「今回で販売の仕組みはできました。オレは来年三の月には王都に来て、オレがいなくても販売できるようにするつもりです」

「それは……」

「アーシュがメリルでやっていることです。今はアーシュがいなくても、みんなある程度は動きます。西ギルドがうまく行ったら、各ギルドにその仕組みを広げられたらと思っています」

「君たちはそんな先まで……」

「レーションも、ホントは王都でも作って販売したいんです」

「アーシュ君、そうしてくれると助かるのだがな」

「でも、原料となるものが手に入りにくく、割高になってしまうんです」

「原料……か」

グレアムさんは、目をつぶって少し考えるとこう言った。

「わかった。ダン君の提案を受けよう。明日から、なんでお茶がないんだと、冒険者からも職員からも突き上げられることを覚悟していたのだが、三の月まで待てと言えば、少しはおさまるだろうよ」

「ありがとうございます！　できれば、料理のできる若い奥さんと、オレたちくらいの子どもを雇いたいのですが……」

「ああ……ありがたい、こちらでみつくろっておいていいか」

「お願いします」

「それと、この手紙をグレッグに。一三の月の三の週にメリルに行くからと伝えてくれ」

「わあ、グレアムさん、メリルに来るの？」

「ああ、一の月にギルド長会議があるんだが、参加したがらないやつのお迎えにな。子羊館に泊めてくれるか？」

「高級じゃないし、若い人が多くてうるさいですよ」

「まだ若いつもりなんだが」

「あー、はい、もちろん、大歓迎です！」

「うむ、よろしくな」

「はい！」

このようにして、全員合格とお茶販売の許可を勝ち取って、メリルに帰ることができた。

アーシュ九歳一二、一三の月　グレアムさんが来た

メリルでは、帰ってすぐに、勉強の計画を立てた。王都組も合わせ、得意科目を各一教科担当し、教師役と生徒役に分かれて授業と自習を繰り返す。一二の月は、本当に何も起こらず、頼まれ事もされもせず、平穏に過ぎていった。

一三の月は、メリルでも真冬だ。その寒さの中、三週目に、グレアムさんがやってきた。

「グレッグ！」

「よーう、グレアム、去年のギルド長会議ぶり？」

「いつもさっさと帰りやがって、ろくに話す暇もない」

「野郎がお、は、な、しすることなんてそうはねえだろ。あ！　お前まさか嫁が来んのか！」

「お前にはそんな暇があるのか」

「ねえな」

「俺にもだ」

「「……」」

沈黙が痛い。

「と、ところでよ、マジで何しに来た」

「視察だ」

「あー、まあ、来たからにはいろいろ見とけ。今日は泊まるとこは」

「子羊館を予約してある」

「試験の時か」

「そうだ。お前あの時はよろしくの一言ですましやがって。小さい子どもが茶を売りたいって、どれだけ驚いたと思ってる。受付に洗礼食らって、話さえ通らないところだったんだぞ」

「だって、王都で認めてくれそうなのお前だけだったんだもん」

「だもんって……確かに、東は神経質だし、中央はカッチカチだがな」

「それに、うまく行ったろ？」

「うまく行きすぎたくらいだったよ。ダン君もすごいが、アーシュ君も驚いた」

「メリルの秘蔵っ子だからな。ホントは外にはまだ出したくなかったんだがな、変なヤツが寄ってきそうでな」

「寄ってきてたぞ？」

「聞いてないぞ！　どんなヤツだ」

「東門隊長と副隊長だ」

「リカルドとディーエか！　あれか、孤高の騎士さまと忠犬か！　ああー、トニアとターニャの」

「そうらしいな、まあ、なんとかなったみたいだがな」

「いや、そこんとこ詳しく」

「野郎にはお、は、な、し、することなんてないんじゃなかったのか」

「時と場合による」

「はっ、相変わらずだな」

「まあ、また後で話そうぜ。ほら、迎えが来たぞ」


「グレアムさん、いらっしゃい！」

「泊まりに来たぞ、よろしくな」

「グレアム、とりあえず、明日、子どもたちと一緒に朝練に来い」

「何時だ」

「五時半だ」

「休ませない気か」

「魔法訓練だ」

「……行く」

「グレアムさん、お元気そう」

「いや、ダン君！　案の定、あの後大変だったんだぞ、茶を出せってな」

「すみません、三の月には必ず行きますから」

「ほら、そろそろつきますよ、あれが子羊館です！」

「ずいぶんと、趣のある……」

「古くさいって言っていいですよ。さあ、中にどうぞ。部屋に落ち着いたら、あちこち案内しますから」

牧師館の部屋に案内する。

「いい部屋だ」

「暖房はこれですから」

「お風呂は自由か」

「お湯も好きなだけ使っていいですよ。石けんをぜひ使ってみてくださいね」

それから教会だ。

「こちらは……」

「初級者向けの、雑魚寝部屋です」

「こんちはー」

宿泊している冒険者が挨拶をする。

「居心地はどうかね」

「パーティごとだし、寝心地はいいし、なんか隣で話しやすくてこれはこれでスゴクいい。お風呂もイイし、何よりメシがうまい、そんで安い」

「毎度ありがとうございます」

「あと、おかみがかわいい」

「ん？　なにか？」

「いやいや、居心地いいっす！」

「あ、そろそろご飯ですね、行きましょうか」

「食堂か」

「どうぞー」

「ん、これはうまい！」

この後、風呂に入る。石けんとはいいものだ。あがって食堂でくつろいでいるとお茶も出してくれる。

のんびりしていると、子どもたちが集まってきて、勉強が始まった。学院の予習か。おや、セロ君が先生役か、先生？　なぜ入学前なのに、他の子に教えられる？

「ああ、それぞれの担当が決まってて、みんなよりその教科だけはしっかり予習しておくんです。すっごい勉強になります」

なるほど。

ああ、アーシュ君が寝そうだ。

「アーシュは体力がないから。じゃ、寝かせてきます」

宝物のように抱いているな。

では、明日のために私も休もうか。朝ご飯はギルドで？　わかった。おやすみ。

早起きして、朝練に向かう。

「よーう、グレアム、年寄りは朝が早いな？」

「ああ、お前と同じ年だからな」

「くっ！　ブーメランか。まあ、訓練見とけ。さあ、ウィル、アーシュ、灯りの訓練からだ。よーし、いーち、にー、さーん、しー、ごー、ろーく、しーち、はーち、くー、じゅー、狙え、撃て！」

「待て待て、なんだそれは！」

「何だって、灯りだろうが」

「いやいや、いや、ないだろ、なんで一〇個だ」

「俺もできるぞ？」

「！」

「まあ、見てろって。続けるぞ。次、炎、よーし、いーち、にー、さーん、しー、ごー、ろーく、しーち、はーち、くー、じゅーう、狙え、撃て！」

ドーン！　的に当たった。

「よし、次は炎、一つ、的の裏だ。炎、ひとーつ、狙え、撃て！」

パーン！　狙い通り！

「よし、その調子で好きなように続けろ」

「「はい！」」

「グレッグお前！」

「なあ、驚いたか」

「驚いたも何も」

「最初な、あいつらな、あれを生活魔法だと言ったんだ」

「そんなわけあるか！」

「そうかな」

「そうかなってお前、俺たち学院で何を習った！」

「魔法をな」

「なら！」

「習ったから、そこまでしかできなかったんじゃないのか」

「な！」

「炎が、一個じゃなくてはいけない理由はなんだ」

「それは！　それは……」

「ないんだよ」

「……」

「着火と炎、違いは込める魔力と威力の違いだけだとさ」

「……」

「呪文じゃない。込める魔力と威力、工夫で魔法はまだ、進化する」

「あ、あ」

「俺たちは、このままでいいのか、『禍（わざわい）の魔法師』」

「っ」

「まーあ、とりあえず、今の仕事はギルド長なんだけどなあ」

「……」

「「ギルド長、剣の訓練の時間です！」」

「よーし、先生の交代だ。グレアム、次、朝食を見るぞ」

「だが！」

「後で魔法の練習付き合ってやるから」

「わかった、絶対だぞ」

「朝食はな、もともとは、朝練の後、子羊館に戻る暇のない子どもたちのために、アーシュがギルドで作り始めたんだ。それが評判になってな。今は近所の若い奥さん方がやってくれてる」

「うまそうだな」

「なあ、いいか、うまいかどうかじゃねえんだ。この資料を見ろ」

「これは？　冒険者の損耗率、それに産出する魔石の数か。七の月あたりから怪我をする人が激減、魔石はどんどん増えてるだと……」

「朝を食べるかどうかで、体調が変わるらしい。メリルの冒険者は、機嫌よくダンジョンに入ってるぜ」

「そのせいで王都の冒険者が減ってると問題になってるんだろ。今回のギルド長会議は荒れるぞ」

「それで来てくれたたか」

「違う。ダン君とアーシュ君に会いに来ただけだ」

「次、ランチの準備だ」

「ランチもか」

「なあ」

「なんだ」

「ありがとな」

「……ランチはどうした」

「行くか」

「行こう、その後魔法だぞ」

「へーい」


それから、ギルド長とグレアムさんはランチの見学をすると、二人で訓練所にこもって魔法の練習をしているようだった。次の日はレーションを作っているところの見学、そこから獣脂工場の見学、オートミールの工場の見学などやつぎばやにまわり、また魔法の練習。お茶の販売の見学。冒険者に話を聞く。

その次の日はもういっそのこと、すがすがしいくらいに魔法の練習しかしていなかった。子羊館でも、ただただ楽しそうだった。

さらに次の日。

「じゃ、オレたちダンジョン行ってくるわ」

と言って、

「はあ？　ちょっ、何してくれてんですか勝手に！」

「二、三日帰らねえから」

「来週からギルド長会議でいないんですよ！」

「すまん、グレッグ借りるわ」

「いやアンタもギルド長でしょうが！」

副ギルド長をパニックに陥れながら、ダンジョンに下りていった。

「チッ、赤禍（せきか）が！」

「せきか？」

「あー、セロ、聞いちゃったか。赤禍っていうのは、ウチのギルド長と西ギルド長の二つ名。火魔法を中心に、魔物を赤く焼き尽くす『赤の殲滅』と、あらゆる魔法を使いまくって時には味方にすら被害をもたらす『黒の禍』。合わせて『赤禍』。あこがれでもあり、ああはなるなという教訓でもあるんですよ」

「みんなに教えなきゃ！」

「いや、やめて、怒られちゃう、あ、行っちゃいましたよ……」

三日後、

「アンタたちのせいで魔物少なくなってるって、苦情でてるんですよ、どうするんですか！」

「もう行かねえから、いいだろ、少しぐらいいよ」

と怒られていた。

「おい、お前ら」

え、久しぶりに？

「会議に行く前に、話がある。子羊館に行くぞ」

初めてのパターンだ。

子羊たち一一人と、ギルド長とグレアムさんが集まった。

「お前ら、『涌き』はわかるな？」

はい、稼ぎ時です！

「それも間違いじゃねえ。じゃあ、王都の涌きについては聞いたか」

はい、あふれて旅人を襲うこともあると。

「メリルが人を集めてるせいで、王都に人が来ねえと言われてる」

数字は？

「数字？」

メリルに人気が出る前と後の、王都の冒険者の数の違いです。

「それは『見た感じ』だろ」

「そうだな、わざわざ人数を調べてはいない」

確かにメリルの涌きの季節は忙しいけど、終わったらすぐにいなくなってますよ？　それが王都に戻らないのは、メリルのせいじゃないと思う。

「厳しいな」

「グレアム、それが事実だろう。王都はな、良くも悪くも頭がかたい。特にギルドは、冒険者はダンジョンさえありゃあ命をかける、それが当たり前だと思ってるんだ」

「言葉もない」

「けどな、アーシュ、お前たちのやってることを見て、ちゃんと支えてやれば、冒険者だってしっかり安全に働けるってわかったんだ」

そんなつもりではありませんでしたが。

「だからな、この会議、俺は責任を問われる前に、攻めに出る」

「私もだ。すでに西ギルドは茶の販売の実績もある」

「メリルの方式を、ギルドに広めたい」

朝食と、ランチを？

「レーションもだ。そのためには獣脂もオートミールも現地で生産したい」

ふむふむ。よいのではないですか。

「そのためにお前たちが必要だ」

なんと！

「正確には、アーシュ、マル、マリア、ソフィー、お前たち四人だ」

なにゆえ？

「派遣するから、メリルでやったように、四人で朝食とランチの仕組みを作り上げてきてほしい」

マリア、ソフィー、マル、どう？　四人で顔を見合わせた。うん、できなくはないよね。

「できるとは思いますが、つまりメリル以外に行くってことですか？」

「そうだ。まずは王都だ。王都ができれば、ほかの地区にも広がりやすい」

「西ギルドが、まずはそれを引き受けるつもりだ。西が成功すれば、負けず嫌いの東が動く。王都のギルド二つが動けば、中央ギルドが動かなくても、他地区のギルドも動くはずだ」

来年は荷物持ちもしなきゃいけないのに。

「派遣された先でできるだろうが」

「それでは、オレたちは、アーシュたちの派遣された地区について行って冒険者をやります」

セロがはっきりと言い切った。ウィルが気軽にうなずいた。

「セロ、ウィル、そうしてくれるか」

「待って、せっかく来年から冒険者なのに」

「いいんだ、どこでやっても冒険者は冒険者だ。むしろアーシュとマルのおかげで思いもしないところに行ける」

「マリア、ソフィー、オレたちもついて行くか？」

ニコが遠慮がちに言った。ニコが自分からそんな発言をするのは珍しい。マリアはほっとしたようにほほえんだ。

「ニコ、ブラン、お願いできたらうれしい」

「じゃ、オレたちも行きます」

「通学組は手伝いたいだろうけど、勉強をがんばれ！」

「はい！」

「では、ギルド長会議に行ってくる」

行ってらっしゃい！

閑話　ニコの光

オレはニコ、一二歳。もうすぐ一三になる。

メリルの子羊と呼ばれてる孤児の一人で、冒険者だ。今日も、ダンジョンで魔石を稼いできた。

ギルドでは若いやつらが噂をしている。

「なあ、やっぱりいいな」

「メリル四姉妹なんて呼ばれてるけど、ちびっこは論外だろ、やっぱマリアさんとソフィーさんだよ」

「だな」

チッ。まあ、こいつらのようなやつはいい。問題はこっちだ。

「よう、ねえちゃんたち、かわいいなあ、オレたちとおしゃべりしようぜー、こっちのほうでさあ」

「やめてください。仕事中ですので」

「まあまあ、ほらよ」

マリアの肩を抱きやがった。アウトだ。

ブランとクリフと目が合う。

「お兄さんがた、ちょーっといいですかね」

クリフが声をかけ、オレたちの体で囲いこみ、そのままギルドの裏手に連れていく。仲が良さそうに見えるだろ。さて、

「姉さん方に、声をかけんじゃねえよ」

「はあ？　小僧っ子が何言ってやがる、美人なんぞ声をかけられてなんぼだろ」

「やめろって言ってんだが」

「はっ、バカバカしい、行くぞ。さあ、キレイなねえちゃんとお茶だお茶だ。あ？　がはっ、ぐっ、クソッ」

「や、め、ろって言ってんですがね、お兄さん方。続けますか」

「ぐ、苦し、う、わ、わかった、かはっ」

ドサッ。吊り上げていた体を落とす。

「メリルの子羊たちには、手を出さねえほうがいいですよ。あー、もちろん、声もかけんな」

「クソッ、覚えてろよ！」

チンピラかっつーの。

ちょっと手が汚れちまったか。

「クリフ、ザッシュはどうした」

「受付にいたから、ちょっとまいてきた」

「バレたくねえからな」

「たぶん、わかってっとは思うがな」

「やれやれ、ギルド長がいないとなると、冬だというのにすぐ虫がわく」

「あー、副ギルド長」

「害虫駆除ご苦労さまでした、クリフ、ニコ、ブラン」

「あの程度ならいいんだけどな」

「会議が終わったら、もっと虫がわくでしょうねえ。よろしくお願いしますよ」

オレが育ったのは、南領、西寄りにあるオルドだ。山に囲まれたダンジョンのある街で、気が荒いやつがたくさんいる。父親は冒険者だったが、飲んだくれてダンジョンで死んだ。母親は冒険者とどっか行っちまった。アーシュのような、親に大事にされていた孤児とは違う。すぐに飢えた。メリルのように、解体所の手伝いなんて温情はねえ。年より体だけはデカかったから、パンのためには何でもやった。魔物と戦う冒険者は意外に対人の技術はない。時には冒険者もカモってやった。

その時、ブランと知り合って一緒にいるようになったんだ。

ある時、キマグレを起こした冒険者にメリルに連れてこられた。けど、そいつもすぐにいなくなったがな。悪さをしてる時に、副ギルド長に捕まった。

「悪そうな顔ですね。しかたない、ザッシュのとこに入れましょうか」

そこに光があったんだ。

きらきら輝く金の髪。青い目。優しいほほえみ。ありきたりのことしか言えねえが、キレイだった。あさつゆのようにきらめき、ひだまりのように暖かく、午後のようなおだやかな光。

そして冒険者になったザッシュを心配し、曇る顔。お願いだから、笑っていてほしい。

「なら、お前もオレと一緒に、ザッシュを守れ」

クリフに言われた。クリフにとっての光は、ザッシュだ。ザッシュはみんなを守ろうとするが、世の中そんなにキレイじゃねえ。

「ザッシュは、空を舞い、遠くを、前を見つめる鷹だ。オレは、足元で匂いをかぎ、敵を追い払う犬でいい」

スラムのやつは、希望がねえから、一度見つけた光に執着するんだろうか。リカルドとディーエは、まんまザッシュとクリフだった。

ならばオレは、闇夜にネズミを狩るフクロウになる。夜の魔物を、光のもとにさらさないようにしよう。

なあ、アーシュ、オレはお前には感謝してるんだ。メリルの子羊の一員として認められて、今まで見てるしかなかった光に、手を伸ばす力をくれた。

さあ、オレの光に手を伸ばそう。

マリア。今はまだ、届かない。

アーシュ九歳一の月　ギルド長会議一

　ギルド長会議が始まった。参加者は東から、メリル、メルシェ、シース、王都の南の、ナッシュ、オルド、西のセーム、ニルム、王都の東ギルド、西ギルド、中央ギルドの一〇人、そして総括する総長兼宰相、王都の守りとして、東門隊長、西門隊長、中央門隊長、計一四人だ。

　定例の報告が終わった後、王都中央ギルド長からの提議があった。

「今年度の王都の『涌き』だが、抑えきれず、魔物が街道にあふれることが多かった」

　王都南のナッシュから茶々が入る。

「王都であふれるのは、いつものことじゃないのか。何のための騎士団だよ」

　隊長たちは身じろぐが、答えない。中央ギルド長が、続ける。

「逆に、メリルでは、今年は『涌き』は楽だったそうじゃないか」

「けっこうな人数が来てくれましたよ」

「はっきり言わせてもらおう。メリルのせいで王都に冒険者が足りなかったのではないか」

「それはどうですかね」

「認めないつもりか！」

「認めるも認めないも、メリルは『涌き』のための努力をしただけで、王都から冒険者を奪おうとしたわけじゃない。『涌き』の季節はどこのギルドも冒険者を必死で確保するのは当たり前だ」

皆がうなずく。

「現に、『涌き』が終われば、メリルはすぐ通常に戻ってる」

「しかし、王都で冒険者不足なのは事実だ」

「『涌き』のための努力不足じゃねえんですか」

「努力など。冒険者は『涌き』で稼ぐのが仕事だろう。王都の『涌き』は稼ぎ時のはずだ」

「そうやって何もしねえであふれさせ、騎士団を消耗させ、冒険者に怪我をさせてんのが現状ってわけですか」

「そもそもメリルが邪魔をしてるという話だろう」

東ギルド長が口を挟む。

「『涌き』があふれて困るのは、街道を使う貴殿たちもだ」

「だから、王都がなんとかしろって話ですよね」

「「「！」」」

「グレッグ、口のきき方に気をつけろ」

「さっき、メリルのせいじゃねえ、王都の努力が足りねえからだって言ったじゃねえですか、何聞いてんだよ」

「辺境風情が！」

「その辺境風情に責任を押し付けようとしたのは誰ですかね」

「っ！」

「その辺にしておけ」

「西の」

「メリルにとやかく言ったとて、王都に冒険者が増えるわけではなかろう。ここは潔く、『努力』とやらを聞くべきではないか」

「確かに、メリルの噂はよく聞くようになった。王都ではないが、工夫があれば聞かせてもらいたい」

「「うちもだ」」

「メルシェ、シース、ナッシュ」

「そんなにか。西領のほうでは聞こえてこないが」

「まあ、ニルムもセームもちと遠いからな」

「そもそも冒険者は！」

「中央の、東の、糾弾はもうよい。まずはその『努力』とやらを見せてもらってからだ」

「総長」

「メリルの、頼む」

「はい、ではこの資料を見てください。一年半前の、七の月からです」

説明が始まり、終わった。

「つまり、ギルドが食事を提供することで怪我が減り、成果が上がるというわけか」

「提供するのはギルドではなくてもいいんです。要はそういう仕組み作りをするということです」

「この、レーションというのは作り方を公開してもいいのかね」

「許可はとっております。格安の特許料で使わせてもらう予定です」

「そのための土台として、獣脂、オートミールとやらの生産が必要と」

「他のギルドで使うなら、メリルだけではまかないきれないし、各ギルドの解体所の有効利用にもなる」

「しかしこれだけのことをやるのは……」

「メリルではやりました。そして、これをやった人材を派遣できます」

「……」

どこも悩んでいるようだ。

「うちがやりましょう」

「西の」

「幸い、一一の月に、子羊レーションの出張販売とお茶の提供を経験している。うちの職員にも、冒険者にも抵抗がない」

「そんな話、聞いてないぞ!」

「たかだか一週間の出張に、いちいち中央の許可は必要ない。ましてや東の許可など」

西が冷たく言う。

「メリルは近い。メルシェでも歓迎するが」

「シースもだ」

「ありがてえが、派遣できるのが四人なんですよ。まずはどこか一ヶ所でお願いします」

「では、先に声を上げた西ギルドでよいか」

「お手並み拝見ってことで」

「よい成果を出せるようにしよう」

「工夫工夫って言っても、結局、冒険者は力だろう。ま、魔法師上がりにはわからないかもしれないな。オルドには関係ない、もう引き上げてもいいか」

「うむ、西ギルドにはその件、許可する。他になければ今年は以上だ」

会議の後、グレアムはグレッグに話しかけた。

「首尾よくいったな」

「ああ、これから大変なのは子羊たちだ。ホントは手放したくねえんだが。すまないが守ってやってくれ」

「わかっている。任せておけ」

「じゃあ、またな」

「ああ、またな」

ギルド長会議が終わった。

アーシュ九歳二の月　王都派遣

「おい、お前ら」

ギルド長が帰ってきた。

「王都への派遣、決定だ」

うわー！

「すまねえが、よろしく頼む」

そうと決まったら、計画はいろいろ立てないと！

「さすがに四の月はここで過ごしたいだろ。五の月からどうだ？」

「七の月の『涌き』までにはここに帰ってきたいんですが」

「それは助かるが、八の月には王都での授業があるだろう」

「でも、五の月から八の月まで行きっぱなしはつらいので」

「マリア、ソフィー、マルはそれでいいのか」

「子羊館が気になるから、帰ってきたいです」

「勉強にも負担がかかるな。すまねえ」

ダンと一緒に、ザッシュとクリフも先に王都に行くことになった。学院が始まるまで、ダンの家で過ごしつつ、ダンジョンに潜って稼ぐそうだ。西ギルドに顔を売っておくためでもある。

また、その二の月の終わりに、獣脂とオートミールの工場の立ち上げで、解体所の工場長さんも一緒に行くことになった。

「この年で、工場の立ち上げなんてなあ。まあ、解体所はどこも似たようなもんだ。しっかり作り上げてくるわ」

ダンは、

「西ギルドでお茶の立ち上げを終えたら、アーシュたちが来るまでに、東でもすぐできるように準備しておくよ」

と頼もしい。

「グレアムさんと話し合って、ギルド内に簡易キッチンと、食事スペースを確保しておく。魔石の冷蔵庫もだな」

そうそう、アメリアさんに呼ばれてた！

アメリアさんアメリアさん。

「あらあ、アーシュちゃん、ダン君、ようやくできたわよう」

魔石冷水筒だ！

「原理は冷蔵庫と同じなんだけど、一定の温度まで冷やすのが難しかったのよ」

しゃっきりしている。

「少しずつ増産しておいてもらえますか」

「一個できるまでが大変で、それ以降は大丈夫よ」

「あの、アメリアさん」

「なあに、アーシュちゃん」

「アメリアさん、肉団子スープ好きですよね」

「大好きよう、口に入れると広がるジューシーな感じとか、もうたまらないわあ」

「それでですね、お肉をこう、細かくする機械が、その、魔石で動く……」

「わかるわ！　肉団子がたくさんってわけね！」

「あと、泡立て器をですね、こう高速で動かせるような……」

「その二つは、機械さえあれば魔石は動力として必要なだけだから、鍛冶屋さんと相談して作ってみるわ。アーシュちゃんたちが王都に行くまでにはできると思うの」

「よろしくお願いします！」

これで朝食の準備がだいぶ楽になる！

あとは引き継ぎだ。

子羊館は、ギルド長と相談して、引退した冒険者さんご夫婦に、通年で見てもらえることになった。私たちがいる時は多目に人を泊め、そうでない時はできるだけの範囲でやるとのこと。領主さまが、教会の敷地内に、従業員宿舎を作るとも言ってくれた。

賭けで勝ち取った子羊館だが、一年で少し手が離れてしまった。

「アーシュ、きみたちの宿屋なんだよ。七の月もだし、九の月からはずっといられるだろう。私たちは、いない間、守っているだけ。いる間は、用心棒とでも思ってくれればいいさ」

と、管理人さんは言う。

「引退したが、腕っぷしには自信があるし、若い人たちの中で働けるのはうれしいからね」

「ありがとうございます」

あっという間に二の月も終わる。ダンたちの旅立ちの日が来た。

「では、先に行ってる」

「しっかり勉強してきます」

「休みには、帰ってくるから」

行ってらっしゃい！

二ヶ月後には会えるよ！

閑話　マリアの思い

私はマリア。もうすぐ一四歳になる。今日、ザッシュとクリフ、それにダンが王都に旅立った。ザッシュは前を見つめ、希望にあふれていた。わかりやすい子だ。

ニコやブランも冒険者になり、私とソフィーも定期収入ができたので、みんなで話しあい、パーティを一旦解散することにした。子羊を抜ける訳ではない。ここからはザッシュとクリフ、ニコとブラン、そして私とソフィーの組み合わせで動くことになる。

「自由だな」

「マリア、急にどうしたの？」

「だってソフィー、もうザッシュとクリフが無理しないか心配しなくていいんだよ」

「そうかなあ、私は少し不安だな。それに、ニコとブランがまだいるでしょ」

「そうなんだけどね」

私にとってのザッシュとクリフは、弟のようなもの。同じ年だけど、引っ張っていこうとするけど、足元が抜けていて、前のめりになっていて、ころびそうになっている。冒険者になった時は、それが行きすぎてどうしようかと思ったけれど、アーシュのおかげで地に足がついた。それも今日で卒業だ。

私は港の街、シースで生まれた。私と同じ、金髪に青い瞳の、それは美しい母親と、ハンサムな父親だったのを覚えている。小さな商家の娘の母は、大店のボンボンに見初められたそうだ。

しかし、父に商売の才はなかったのだろう。物心つく頃には、すでに没落していたと思う。父と母と三人で、再起をかけて王都に移住し、ほそぼそと暮らしていたが、やがて父が帰らなくなった。母に連れられて行った先には、父と美しい金髪、青目の娘がいて、幸せそうに笑っていた。

そこから母は荒れた暮らしをするようになり、やがて美しく育った私も、狙われるようになった。母は守ってはくれなかった。追いかける手を振り払い、私は通りがかりの馬車に潜り込んだ。そして、メリルにたどりついたのだ。

だから私は正確には孤児ではない。おそらく父も母も生きている。そしてもう二度と会うつもりはない。そんな私にとっては、この金の髪と、青い瞳はむしろ呪いだ。美しい一時は、みな褒めそやすだろう。しかし、枯れ始めたらすぐ新しい花のもとに行く。そして今日もまた、私の外見のみに惹かれて、虫が寄ってくるのだ。

「あ、ニコだ」

ソフィーが気付く。ニコが、こちらにまっすぐ向かってくる。いつも眠そうに細められた目を、いっそう細くして。いつからだったろう。ニコの目線が私を越えたのは。目を合わせるのに、上を向かなくてはならなくなったのは。

「マリア、これ」

「まあ、リリアの花ね、ちょうどよかった、食堂にいけてくる！」

「「あ」」

花束をソフィーに奪い取られたニコの手が上がり、下がる。

「ありがとう、春の花ね」

「元気、ないかと思って」

「なぜ?」

「ザッシュが、行っただろ」

「そうね、さみしくなるわね」

「だな」

心安らぐ、沈黙が落ちる。

「じゃあ、オレ、行くわ」

「また夕ご飯にね」

「おう」

一つ落ちたリリアの花を拾い、そっと胸に抱く。

おひさまのように、空のように、まっすぐ見つめてくれるその瞳があるなら、この金の髪も悪くないと思える。

それならば、私は光の中に立っていよう。

あなたの、その手が届くまで。

アーシュ九歳三の月　子羊たちの二年目は

王都に行く前に、二年目の総括をしようと思う。

「二年目って、いろいろあったよね」

「大きかったのは、宿屋を開いたことと、王都に行ったことかな」

「マルはお茶販売の手伝いがおもしろかったかな」

「でも、冒険者になったわけじゃないし、オレはあんまり変わらなかったかも」

「セロ、学院の合格は変わったことだと思うよ」

「ウィルはどうなんだ？」

「オレにとっては、すべてが冒険者になるための通過点かな」

「ヒューヒュー」

「かっこいい！」

「そうだよ、いろんなことがあるからって、それを忘れちゃダメなんだ。みんな少し練習がたるんでないか！」

　セロが熱い。

「う、うん、そんなことないと思うよ……」

「こないだの朝練はさ」

「え、えと、ほら、二年目のまとめの途中だよ」

「逃げたな……」

「今年はセロとウィルからいきます。ひと月、一万二千ギル稼いで、試験の期間を除いて一四四〇〇〇ギルでーす」

「「いえーい」」

「二年分で三〇万です」

「「ほんとに？」」

「ほんとに」

「次、アーシュとマルでーす」

「はーい」

「今年は、解体屋や、飼葉やさん、野菜やのおばあちゃんの手伝いはほとんどできなかったでしょ。でも、宿屋やランチで働いたので、去年と同じ、ひと月一万二千ギル支給しまーす」

「いえーい？」

「あと、ダンのお手伝いの分、マルは六万、アーシュは九万でした。これを去年と足すと、なんと、マルは三四万八千です。アーシュは、三七万八千ギル」

「「お金持ちだな」」

「今年は、家計費はパーティ費に入れたよ。そこでパーティ費の発表です」

「「おー」」

「朝食、ランチは任せちゃったので減りました。朝食二万、ランチ三万、魔石は忙しかったので一五万、それに宿屋が三〇万、宿屋は多くて五〇万以上だけど、試験の時や、冬場は少なかったから平均こんなものです」

「ちょっと想像がつかないね」

「はーい、ひと月五〇万で、一年で六五〇万でした。去年のパーティ費と家計費を合わせると、だいたい一〇一〇万です」

「「「はあ？」」」

「それって、どのくらいなの？」

「うーん。たくさん？」

「アーシュもわからないの？」

「使おうと思わなかったから、どのくらいの価値があるかわかんないな」

じゃあ、続けるよ。

「四の月からはね、朝食とランチと、宿屋の権利で、私とマルはひと月七万五千ほどもらう予定です。魔石はパーティ費に入れるよ。セロとウィルは」

「「冒険者で稼いで、半分家計費に！」」

ちなみにアーシュ個人の商業ギルドの貯金は、獣脂一〇万、石けん二〇〇万、レーション三〇万で、二四〇万ほどある。

ザッシュたちのパーティは、マリアとソフィーがアーシュたちくらい稼いで、ザッシュたちが冒険者として稼いで、パーティ費はこの二年間で、およそ一八〇〇万ほどになっていた。冒険者すごい！　それを六人で割り、一人あたり三〇〇万プラスアルファと個人の貯金でしっかりと旅立ちの日を迎えたのだった。

そして四の月。

セロとウィルの、冒険者が始まる。

アーシュ一〇歳四の月　荷物持ち始まります

さあ、四の月がやってきた。私とマルは、荷物持ち、セロとウィルは冒険者のスタートだ。

「「じゃあ、行ってくる」」

「行ってらっしゃい」

私とマルは二人を見送り、その場に残った。

「早いな」

「この日を待ちわびたんだろうさ」

ギルドのなじみのお兄さんたちが噂する。

セロとウィルはそうそうにダンジョンに入っていった。

問題は私たちだ。女性の冒険者は少ないし、まして荷物持ちから始める冒険者はもっと少ない。誰かに雇ってもらえるだろうか。不安だ。何か遠巻きにされている気がする。

「お前行けよ」

「いや、だってさ」

「早くしないと、先越されるって」

するど、

「君たち、今日が最初なのかい」

「荷物持ち、お願いできるかな」

「「お願いします！」」

声をかけてくれた！　二〇歳前後の、四人組だ。

「誰だあいつら」

「だから言ったろ。あーあー知らないやつらに取られちゃったよ」

「オレたちの天使が……」

私もマルも、訓練はしていたがダンジョンは初めてだ。初日に声をかけてくれるようなパーティは、親切なので初心者講習もしてくれる。しかも優秀なパーティのようで、説明しながらも魔物をどんどん倒していく。私たちだって解体所上がりの荷物持ちだ。死体に怯えたりなんかしない。魔物を手早く解体し魔石を取り出し、収納バッグにおさめていく。

「へえ、けっこうやるね、これなら任せられるよ」

リーダーは珍しく、魔法師の人だ。パーティはたいていは剣士がリーダーだ。剣士だけではつらいところを、魔法師がカバーしていく。ところがこの人は、最初から魔法で魔物を削り、剣士の戦いを楽にする。私とマルが冒険者になった時、この戦い方はいけるかもしれない。邪魔にならないよう、夢中になって見学した。

「さあ、お昼にしようか」

「「はい！」」

子羊ランチをダンジョンで食べるのは初めてだ。ちょっとうれしい。

「それ、子羊ランチ？」

「そうでふ」

もぐもぐしながら言うと、

「おいしいって評判だけど……」

「じゃあ、交換ひてみまふか？」

「いいの？」

「はい」

先にジャムから食べていたので、卵サンドを交換してあげた。

「お前、ずりーぞ」

「頼めばよかったじゃん、あ、うまー」

「くっそ」

「子羊館に泊まれば優先的に買えますよ」

「でも空いてなくないか？」

「今日は一日五〇〇〇ギルの部屋なら空いてたと思いますよ」

「五〇〇〇なら、妥当だね」

「聞いてみるかあ」

「それがいいですよ」

「ところでそれ」

「ジャムですよ、一口食べますか」

「うん！」

「だからずりーって」

などと和やかにすごす。となりでマルがまぐまぐと食べている。

「さ、オレたちは食休みだが、君たちはラット狩りをやるかい」

「やる！」

マルの目が輝いた。

「来る途中結構無視してきたんだけど、小さいのはたくさんいたな。見てあげるから少し戻ろうか」

気がついてはいたが、ラットとスライムの小さいのは、よほどのことがないとこちらを襲ってこないので、たいていは無視する。それが荷物持ちの訓練と小遣い稼ぎになるのだ。狩らせてくれないパーティもあるので、ラッキーだった。

「さて、どうかな？」

いるいる。

「マル、スライムは任せて。右のラットからお願い」

「わかった」

「『よし、始め！』」

実戦は初めてだが、訓練は怠らなかった。自信はある。

「ヤーッ」

マルが行った。周りに余分な魔物なし！　では、左から。

「炎、小、五、狙え！」

パーン。よし、次。

「炎、小、三、行け！」

パーン。マルの右、ラット三体。

「風、小、三、飛ばせ」

ひゅん。

「数が少なくなった！　アーシュ、剣に代えて、切れ」

「わかった！」

ザクッ。ふー。マルが数える。

「スライム八、ラット六だね」

「さ、解体しよ」

「アーシュは剣のほうが訓練になっていいんじゃないの？」

「魔法も使ってみたくてさ」

初めての狩りにうきうきお話ししていたら、魔法師さんに声をかけられた。

「え、ちょ、待って、君たち」

「「はい？」」

二人で同時に振り向く。

「何、今の」

「「何って……戦闘訓練？」」

「いや、だって、何、その速さ、連携、あとその魔法！」

「「？・？・」」

「うん、ちょっとおはなししようか」

ランチの場所に連れていかれた。

「あー、二年前から毎日訓練、魔法はギルド長に訓練してもらってと、あーギルド長、赤禍か。え、王都で？　東門隊長にも？　強かった？　そりゃそうだよね……」

なんだか落ち込んでいる。

「「？・」」

「わかった。そう、そんなこともある。のかもしれない。とにかく、その魔法教えてよ」

グレアムさんもそうだった。魔法師は新しいものが大好きだ。

お昼休みが少し延びた。

「ここにいる間、毎日荷物持ちに連れていくから、魔法の訓練手伝ってな」

だそうだ。その日は早目に上がってくれた。


「帰ってきたぞ！」

ギルドに拍手が響く。ああ、セロとウィルの時もこうだった。メリルは温かい。

「へえ、いい街だね」

「「はい！」」

「さあ、賃金をもらっておいで」

背中を押してくれる。

「まあ、スライムとラットの魔石、合わせて一四ね。荷物持ちの賃金と合わせて一人一七〇〇ギルよ」

「半分はパーティにね？」

「「はい、お願いします」」

「わあ！　じゃあ」

わかってくれている。私たちだけでなく、多くの冒険者が銀行を利用するようになっていた。

と、後ろがざわついた。

少し薄汚れた、セロとウィルだ。

二人は黙って、魔石を受付に置く。

「まあ、まあ、ちょっと待ってね……」

受付が急いで数えてくれる。

「二人で、五万ギルよ！」

「「よしっ！」」

手をぐっと握るセロとウィルに、

「よくやった！」

と歓声と拍手が鳴り響く。

セロが大股で歩いてくる。高く抱えられた！

「やったよ、アーシュ！」

「うん！」

ギュッと頭に抱きついた後、顔を見下ろす。うれしそうに、誇らしげに、アイスブルーの目が輝く。

「あー、俺もいる」

「マルも、頑張ったんだけどな」

パッと離れた。

「「ウィル、マル」」

ニヤニヤしている。そうだね、みんな頑張った。目標が一つ、実現したのだ。それでは、

「「「やったー！」」」

歓声と拍手が、また鳴り響いた。ギルド長が出てきて、やれやれとこう言った。

「何のさわぎだ。あーお前らか。よくやった、んで、もう戻れ」

「「「はい」」」

「パーティに半分入れておくわね！」

受付のお姉さんも声をかけてくれた。

そしてマリアが、ソフィーが、ニコが、ブランが、そこで待っていた。

「さあ、帰るか」

の声に、マルがこう言った。

「でもね」

さあ、みんなでせーの！

「「「串焼き、買おうか！」」」

いよいよ、王都への派遣の日が来た。四の月の四週にメリルを出て、五の月の初めから西ギルドで働き始める。荷物持ちとして最初に連れていってくれたパーティが護衛についてくれる。

「『涌き』までには戻ってきます」

「気をつけるんだぞ。あー、無理なら戻ってこい」

「行ってきます！」

四の月は、春真っ盛りだ。みんなでの王都の旅は二回目になるが、秋と違って、花が咲き乱れ、柔らかにかすむ草原はそれは美しかった。女子組四人揃っていれば料理はおいしいし、忙しい日々と違って、のんびり過ごせ、休暇のようなものだった。もちろん、朝の訓練はあるし、馬車の中では、夏の学院に向けた勉強会だ。

『あれは何ですか』

『山と草原です』

『空が青いです』

『馬車は走っています』

『花がきれいです』

などと、つたない帝国語も飛び交う。宿に来る学院卒業生も時々勉強は手伝ってくれるのだが、帝国語はあまり熱心に勉強してこなかった人が多く、発音はあやしい。

「だって実際、帝国語はニルムででもなければ使わないぞ？　商人と外交に関わる人くらいだな」

ということだ。

数学は馬車酔いするのでせず、歴史、地理、文学などを交代で勉強する。

そうこうするうちに、王都の東門が見えてきた。今回も並ぶ。

「前回、大変だったよね」

とマル。

「チッ、リカルドとディーエか」

そう言うセロに、ブランがのんびりと答えた。

「結局のところ、訓練してくれていい人たちだったじゃねえか。まあ、あんまり気にすんなよ。たかが俺たちに、そんなに時間は使えないだろ」

あれ、でもあの人たちは？

「あ、リカルドさんと、ディーエだ」

「「えっ！」」

リカルドさんは相変わらずにこやかだ。

「やあ、アーシュ、みんな、元気だったかい」

「あいかわらず俺は呼び捨てかよ」

ふん！

「いやいや、アーシュ、むしろ私も呼び捨ててくれていいのだよ。ほら、リカルドと」

「……、ディーエさん、すみませんでした、ディーエさんと呼ばせてください」

「残念だ」

（（アンタが残念だよ……））

そこに髪をきれいになでつけた、神経質そうな人がやってきた。

「リカルド、メリルから客人が来たと聞いたが」

「ギルド長、はい、この者たちです」

東のギルド長だ。ギルド長は私たちを見ると、ふと眉根を寄せた。

「……ご親戚か何かか」

「親戚のようなものですが」

「マリアです」

「ソフィーです」

ニコ、ブランと、最後の私まで順番に挨拶していく。

「おお、王都を楽しむとよい。かわいらしいことだ。ところで西ギルドの客人は。東ギルド長としても一言挨拶しておきたいのだが」

「この者たちですが」

「？」

「この者たちです。正確にはこちらのお嬢さん四人です」

「な！　いや、まさか……」

マリアがにっこりよ、と目配せする。

「「「「よろしくお願いしまーす」」」」

「え、お、あー、よろしく頼む」

「「「はい！」」」

「西ギルド長から、落ち着いたら直接西ギルドに来るようことづかっている」

「わかりました、リカルドさん」

「またお邪魔させてもらうよ」

「はい！」

「俺もな」

「……はい」

陰でセロがブツブツ言っていた。

「……ホントに邪魔だし……」

「まあ、また訓練してもらおう」

ウィルに慰められていた。


「リカルド、あれ……」

ギルド長がつぶやいた。

「ホントに彼女たちです。一一の月には、小さい子二人と男の子でした」

「なんと！」

「大きい子二人は実質メリルの朝食、ランチを動かしていたはずです」

「それは……」

「西が成功したら、こちらにも来てもらったらいいんです。失敗しても、こちらには被害はありませんよ」

「それはそうだが」

「お手並み拝見ですよ」

「そうだな、ようす見だな。しかし、かわいらしい」

「わかりますか！」

二人は無類のかわいいモノ好きなのであった。

「隊長、ギルド長、仕事してくださいよ」

「お、おう」


さて、まず、メリル領主館に向かう。

「東門隊長とホントに知り合いだったんだな」

護衛の魔法師さんが言う。

「変なヤツなんだよ」

「へーん」

セロの説明に、マルが追随する。はは、気の毒に。

「私にとっては、親戚のおじさん、みたいな人かなあ」

「あー、うん」

それが一番気の毒だよね、とみんな思ったらしい。

「しばらくお世話になりまーす」

領主館にいる間は、マルと二人部屋だ。マリアはソフィーとだ。

夜、マリアが招集をかけた。議題は東ギルド長だ。

「東ギルド長、どう思った？」

「普通に優しい人？」

「マルもそう思った。マリアは？」

「そうね、気難しいところはあるけど、優しそう、そして融通がきかない感じ。グレアムさんが言うほど、面倒そうな人じゃないわ」

「うーん、確かに固そうではある」

ソフィーが腕を組んでまじめに言った。

「カッチカチ！」

「マル、それは中央じゃなかった？」

一応突っ込んでおく。マリアはふむ、とうなずくとこう言った。

「西ギルドの次は東ギルドよ。対策をねっておかなきゃ」

「成果を上げるしかないと思うな」

「それはもちろんよ。でもね、にっこりはきいたでしょ」

「「確かに」」

「珍しいことに、目線が私とソフィーじゃなく、アーシュとマルに行ってた。奥さんを大事にしてて、子ども好きなんじゃないかしら」

「「なるほど」」

「負けず嫌いってグレアムさん言ってたでしょ」

「「言ってた！」」

「だからね、名付けて『グレアムさんと同じくらい、東ギルド長も優しくて大好き』作戦よ」

「「はあ？」」

調子に乗って軽い返事をしていた私とマルは間抜けな返事をした。

「だって、仕事だよ？　そんなん、きかないと思うよ？」

「きかないかもしれないわね。でも、やってマイナスはある？」

「「ない」」

「では、私とソフィーは、控えめに、優しく」

「余裕ね！」

ふふんと言うソフィーに、マリアは呆れたようにさとす。

「ソフィーはお転婆だから言ってるのよ」

「そ、そんなこと……」

「はいはい、アーシュとマルは」

「いい人って思えば自然と好きになるよ」

「それでいいわ。でも、まずは……」

西ギルドで、勝負だ！

次の日、ダンの屋敷にも連絡して、ダンにも一緒に来てもらった。おもしろそうだとクリス君も一緒だ。さっそく仲良しだそうだ。ザッシュたちは寮なので、許可をとるタイミングが悪く来週だ。

「グレアムさん！　アリスさん！」

「おお、久しいな、少し大きくなったか」

「毎年七センチくらい伸びてるんだよ」

「正確だな」

「大事なことだもん」

「去年あった時より小さくなった」

成長期の男子と比べないでください、クリス君。

「ところで、簡易キッチンなどができているはずですが」

「ああ、マリア君、こちらへ」

グレアムさんはマリアとソフィーを簡易キッチンに連れて行った。その間私はダンと話をする。

「ふむ、ダン、お茶の販売はどう？」

「数は五〇～六〇程度で安定してる。六人ほど雇って、回してる」

「利益は出てる？」

「人件費は多少増えたけど、基本けっこう儲かってるよ」

「冷たいのは？」

「少しずつ。まだ見極めがつかない」

「がんばってるね」

「まあね」

二人でにやりと笑った。

「ダン、ちょっと来て」

「マリア、どうした？」

「カップはどうなっているの？」

「お茶販売用のカップなら、三〇揃えて、洗いながら使ってるよ」

「それは朝食に使ってもいい？」

「もちろん」

「グレアムさん、アリスさん、朝食はどのくらいを見込んでいますか」

「お茶よりは出ないだろうから、四〇から五〇くらいか」

「うーん、ギルドの規模がメリルの二倍なのに、それでは見込みが甘くないですか」

マリアはその数字が気になったようだ。

「メリルよりは食べられる店や屋台が多いと思うのよ」

「アリスさん、確かに作りすぎて損は出せないですよね」

その数字を基本に、仕組みを組み立てていく。

「じゃあ、基本お茶碗なんかは三〇用意して、人を雇う時、洗い物要員を少し増やすとか」

「そうね、アーシュ。そうしようか。次に食材の仕入先は」

「こちらに」

とアリスさん。

「これ、増やしてもらえるのかしら」

「大丈夫だと思います」

「では、各四〇食分を今日中に。練習で食材が無駄になるかもしれないから」

テキパキと指示を出す。

「それから働く人なんですが」

「冒険者がらみで声をかけているが、口コミで若いお嬢さんも来ているよ」

「何でですか」

「冒険者は、ほら、実入りがいいから」

おお、婚活か！　私とマルは少しはしゃいだ声を出してしまった。

「相手探しだ！」

「私も！」

「出会いだ！」

「……ソフィー？」

そっぽを向いた。私はくるりとグレアムさんを見た。

「グレアムさんも？」

「私は別に……」

それはそれとして、マリアが続ける。

「いつから来てもらえそうですか」

「明日からでも」

「とりあえず、全員に朝六時から三時間ほどで、さっそく来てもらいたいのですが。最初の一週間である程度ものにします」

「連絡をとろう」

「それから、できた朝食は安くして仮販売をしたいのですが」

「許可する。ただ、混乱するから最初から定価でお願いしたい」

話はまとまったかな。

「じゃあ、食事を出す場所と、ランチの販売場所をちょっと確認してくる」

「お願い、アーシュ、マル」

おっとそれだけじゃなかった。

「そうだ、グレアムさん、レーションなんですが」

「それはできるだけ早くお願いしたい」

「ギルドで焼くか、近くのパン屋さんに委託するかなんですよ。先のことを考えると、委託したほうが楽なんですが、候補はありますか。複数でもいいですよ」

「当たってみる」

「では、しばらくはギルドで一日三〇焼いて出しますね。早目にお願いします」

「わかった」

男性陣がぼうっとしている間に、どんどん決まっていく。

グレアムさんはほっと息をつくと、隣にいたセロにこう言った。

「思った以上に、なんと言うか……」

「すごい？」

「そう、有能と言ったらいいのか……」

「圧倒される？」

「そう……」

「慣れますよ。俺たちは俺たちで稼いで家にお金を入れればいいんです」

「お、おお、セロ君、君大人だね」

グレアムさんは思わず苦笑したのだった。

そして五の月の一週目が始まる。

閑話　東門隊長と副隊長の婚活

「やあ、アリスさん、もう仕事は終わりですか。よければこの後食事でもどうですか」

「まあ、東門隊長。ええ、あの、今日はちょっと」

「では、いつならお時間ありそうかな」

「あの、ええ、私もいい歳なので、誤解されるような、ええ、行動は控えたいと」

「そのようなつもりでお誘いしているのですが」

「ええ？　私、でも成人して何年もたってますし」

「私も二十七歳ですが、あなたには少し歳がいきすぎているだろうか」

「いえ、あの、もっとあの、お若い人がお好みかと」

「？」

「アーシュちゃんとか」

「あれは姪っ子のようなものですよ。それにアーシュもあなたならと言うし」

「……あの」

「なにか」

「……今日誘ってくださったのはアーシュちゃんが」

「ええ、受付のアリスさんはステキな人だからと」

「……やはり今日は……」

アリスの目が泳ぐ。

「では俺はどうですかね」

「副隊長……」

「へんなコブもついてないし、おすすめですよ。さあ、隊長、アリスさん、飯行きましょう」

「三人でですか？」

「？　ええ、俺はだいたい隊長と一緒なので」

「やはり今日は……」

「『いつなら？』」

「やっぱり、いつでも無理です！」

「あ、アリスさん……行ってしまった」

何が悪かったのだろうと二人は首をかしげた。確かに二人は孤児上がりだ。しかし、騎士隊の隊長職というのは金も名誉もそこそこあると思う。

「ディーエが口を出すから」

「違うだろリカルド、いい加減アーシュから離れろよ」

「じゃあ、お前も俺から離れたらどうだ」

「『……』」

「『次誰にする？』」

相談しながら立ち去った。それをニコとブランは見るともなしに眺めていた。

「あーあ、残念な大人だな。そんなにアーシュが大事か」

「まあ、普通年下好みらしいぜ」

「年下すぎるだろ」

「ま、お前は年上好みだしな」

「な、ブラン、お前、俺はたまたま、それに一歳だけだし」

「誰とか言ってないし」

「く、お前はどうなんだよ」

「年下も、年上もどうでもいいなー、めんどくせーし。それより飯だ飯。行こうぜ、ニコ」

「だな、行くか」

アーシュ一〇歳五の月　派遣のお仕事

さて、次の日だ。食材は前日に四〇食分急いで納入してもらっている。朝の六時。お手伝いは五人集まった。年上から、三〇前後のマヤさん、二〇代半ばのユリアさん、ステラさん、一五歳のカミラさん、ハンナさんだ。上三人は未亡人だそうだ。

自己紹介もそこそこに、さっそくスープのお手伝いに入ってもらった。若い二人は、ランチの製造に入ってもらう。未亡人たちはさすがに料理の手は早いが、具だくさんなところや肉団子、そしてその量に圧倒されているようだった。若い二人は、逆にプレッシャーもないようで、楽しくサンドを作っている。

ランチ組は、とりあえず四〇食作り上げるが、ニコたちに持たせる分と、手伝いのみなさんの分はよけておく。

私とカミラさんとハンナさんで、ランチとレーションの売り場を急いで組み上げ、七時には販売開始だ。と同時に、軽食と酒場の場所を使って、ニコたちに朝ご飯を出す。

すると、匂いにつられて少しずつ冒険者がやってくる。宣伝もしておいてもらったので、楽しみにしてくれている人もいた。

「毎回茶も飲んでるんだけどな、朝飯が出るってんで、楽しみにしてたんだ。うまそうだな」

「ありがとうございます！」

食べている人がいればどんどん寄ってくる。食べ終わった人は、その流れでランチも買っていくことが多い。

「子羊ランチはいかがですかー、お昼のお供に、レーションもありますよー」

カチカチのカミラさんとハンナさんに、

「さあ、声をかけてください！」

と言うと、

「こ、子羊ランチはいかがですかー」

ときちんとやってくれる。

心配していた計算も大丈夫なようだ。

そしてメリルの時のように、あっという間に売り切れた。もちろん、ランチもだ。

「なんだよ、匂いだけかよー」

「楽しみにしてたのにな」

「明日はもっと出しますので、すみません」

という結果になった。片づけをして、明日作る分、一週間のメニューなどを予習させて、本日は終了。

「マヤさん、ユリアさん、ステラさん、どうでしたか」

「まあ、マリアさん、慌ただしかったですけど、なんとかやっていけそうです。朝食、本当においしいですね」

「私たちは少しずつ抜けますが、人手はどうでしょう」

「もう少しほしいですね、お休みしたい人もいるでしょうし」

「では、少し増やしましょうか」

「あの、できればさん付けではなく呼んでほしいのですが」

「ではみなさん、そうしましょうか。明日からは、ローテーションで、一通りのメニューと、販売の経験を積みたいと思います」


次の日は、六〇食。それ以上は増やせなくて、文句も言われたが、どうやら噂を聞いて他のギルドからも来ているらしい。仕入れを増やし人も増やし、来週からは七〇食。不安に思っていたマリアの読みが当たった。それでもマヤさんをリーダーにして、仕切ってもらう。


計画を立てていた五日目、リカルドさんが、東ギルド長を連れて朝食にやってきた。盛況なようすをしばらく眺めた後、朝食を注文した。

「ほう、五〇〇ギル、スープとパンのみか。スープはこれは、具が多いな」

「私も初めていただきますが、これはうまい」

「このパンは、何、コレをつけてと。ふむ、合うな。これは妻にも教えてやりたいものだ」

まじめに朝食を評価している。私は挨拶に向かう。

「リカルドさん、東ギルド長、おはようございます」

「アーシュ、おじゃましているよ」

「なかなかうまかったよ」

「これ、サービスです。冷たいお茶なんですが」

「おお、懐かしいな。あの時は温かかったけどね。これ、うまいんですよ、ギルド長」

「ふむ、いただくか。うん？　これは……」

「まだ五の月だと微妙ですけど、暑い時は本当によいものですよ」

「確かに、ダンジョンの後にはよいものだろうな」

「甘くないものも出せるんですよ」

「ほう、それもよい」

「朝食はともかく、お茶だけでも出してみませんか、ギルド長」

「あー、ギルド長だと区別つかないのでな、コナーと、呼んで構わない」

「コナーさん？」

「うむ。まあ、悪いこともないだろうが、少し検討する。ただ、まずレーションが希望者が多くてな……」

「量産できるようになったら、東ギルドにも回しましょうか。お茶と一緒だとよく売れるんですよ」

ここぞとばかりに売り込む。

「お茶もうまいな。グレアムとも話してみよう」

「はい、また来てくださいね」

そうして六の日が来る。

六の日、ザッシュたちがやってきた。

すごく元気だ。

「久しぶり！　二ヶ月ぶりだな」

「学院のほうはどうなの」

「うん、勉強は全く困らない。かなり予習してたからな」

「何か困ること、他にあるの？」

「うーん、みんな親のいる子ばかりだからな、少し子どもっぽいんだよ。しかも俺、二つ年上だろ？」

「そう、ザッシュとクリフさ、お兄さん的存在というか、冒険者やっててかっこいいし、男からも女からも結構人気あるんだ」

ダンが解説してくれる。

「クリフも？」

「クリフもさー、落ち着いて、前に出ないけどそこがイイ、って感じ」

「へえー、確かに冒険者の時も人気あったよねー」

「ソフィー、そんなことないって。ダンこそ、騒がれてるじゃないか」

「俺は金持ちだからな。な、ザッシュもクリフもこれだろ？　無自覚だからな、余計にな」

「楽しそうでよかったわね」

「ありがとう、マリア。ところで、ニコとブランもいるなら、今日はダンジョン潜りたいんだが」

「はっ、なまっててんじゃねえのか？」

「だから取り返したいんだよ」

「マリア、いいか？」

「構わないわよ、こっちも忙しいから行ってらっしゃい」

あっという間にいなくなった。セロとウィルもいつものように二人でダンジョンに下りた。

「ねえ、ダン」

「なんだ、アーシュ」

「昨日、東ギルド長が来てくれたんだけど、お茶販売にちょっと前向きだったんだ」

「ホントか！」

「こっちの形ができたら、できれば東ギルドにも朝食を立ち上げてからメリルに帰りたいの」

「焦らなくていいんじゃないか？」

「ここは一気にたたみかけるべきだと思うの。だから下地を作っておいてほしくて」

「わかった。来週末までには準備をしておくよ。アーシュに俺からも相談があって」

「なに？」

「んー、今日みんなと一緒に話すよ」

「わかった」

朝食販売は七の日はお休みだ。

明日は何をするんだろうか。

そろそろ早い冒険者の帰ってくる時間帯だ。あれ、向こうが騒がしい。

「こっちに来い！」

「言いがかりをつけるな！」

突然、争う声が聞こえた。

「人の獲物を取りやがって」

「階に先にいたのは俺たちのはずだ！　後から割り込んで来たのはあんたたちだろう」

「魔法師の届く範囲にいた獲物だ。俺たちの範囲にいたお前らが悪い」

「攻撃している最中に、後ろから魔法で割り込むのがおかしいだろう！」

ザッシュだ！　年上のパーティともめている。受付のアリスさんがため息をついた。

「困ったわね」

「アリスさん、魔法師のパーティの人、言ってることおかしいよ」

「ところがね、アーシュちゃん、確かに魔法師のほうが攻撃のレンジが長いから、普通同時に獲物を見つけたら、魔法師パーティを優先するのよ。ただし、お互いの同意のもとでよ」

「でも、ザッシュたちが先だって」

「他に見ている人がいない場合、お互いの良心とプライドによるから」

「ザッシュは絶対にずるはしない！」

「「ソフィー」」

「ザッシュがしてないって言ったら、絶対にしてない！」

ソフィーはきつい目をしてそう言った。けれど、それは悪手だった。年上の男たちはこう言ってきたのだ。

「へえ、じゃあ、勝負しようか」

「ちょっと、冒険者同士の私闘は禁止よ！」

アリスさんが仲裁に入る。

「オレたちだって若いお嬢さんに嘘つき呼ばわりされたままじゃなあ。私闘じゃないぜ、ちょっと訓練してやるだけさあ」

「そんなことをする理由がない」

ザッシュが焦ってそう言う。

「かまわないぜ。じゃあチャラにしてやるから、代わりにこのお嬢さんたちをお借りするぜ」

「な」

ザッシュは驚いて何も言えなくなっている。

「やめてください！」

マリアとソフィーが叫ぶ。やがてザッシュが言った。

「わかった。勝負はする。女の子たちに、手は出すな」

どうしよう。アリスさんの話は通じない。ギルド長は出かけている。冒険者はまだほとんど帰ってきてない。セロとウィルもまだ戻ってこない。メリルなら誰かがきっと止めてくれるのに。いる人もみんな静観してるだけ。ランクだって上なのに、無理だよ！

でも、訓練と称した勝負は行われることになった。

「マリア、ごめんなさい」

「ソフィーにはわからないかもしれないけど、正しいだけが勝負じゃないの。このパーティは、おそらく最初から因縁をつけるためだけにからんできたのよ」

「じゃあ、どうしたらよかったの？」

「ランク差があった時点で、こちらが引くのが賢いやり方。それがダメなら勝負でこてんぱんにされて終わり。低ランクが負けても、傷つくのはプライドだけよ」

「私、私、どうしてもがまんできなくて」

「そうね、しかたのないこともあるわ」

マリアは静かに言った。この時には、覚悟を決めていたのだ。

「さあ、四対四だ、ちょうどいいじゃねえか、始めるか」

そこからは一方的だった。

「アリスさん、魔法師は人に絶対魔法を向けてはいけないって」

声が震える。風にブランが飛ばされる。ザッシュのそばを火がかすめる。足下からつぶてが飛ぶ。剣の実力差もあったが、魔法師の存在で実力差が大きくなる。

「よく見て、アーシュちゃん、魔法は一つも当たっていないわ。威嚇と牽制に使われてるだけ。かわいそうだけど、経験値が違いすぎる」

おそらく、必要以上にいたぶられ、全員起き上がれなくなるまでそれは続いた。

「じゃあ、勝負はついたな。さ、お嬢さんたち、ご飯でも食べに行きましょうかね」

「この子はまだ成人していないの。悪いけど、私だけお付き合いするわ」

マリアは静かにそう言った。

「マリア!」

「ソフィー、黙りなさい」

マリアの決意に、誰も何も言えないでいる。

「では、行きましょうか」

全員起き上がれない中で、ニコの手がわずかに動く。それを見た私は思わず声を上げた。

「待って！」

「おや、小さいお嬢ちゃん、何かな。お付き合いするには少し早いようだが」

「マリアは、行かせない」

「アーシュ、やめなさい」

マリアが焦ってさえぎる。

「行かせない」

私は繰り返す。時には子どもの聞き分けのないわがままのほうが効果的なこともある。

「勝負を！」

「何を」

あきれた年上のパーティに向かって私は宣言した。

「その魔法師と。一対一で。私が動けなくなったら私の負け。あなたが膝をついたら私の勝ち。勝ったら、マリアは渡さない」

「ちびちゃんには、関係ないよなあ」

「マリアにも、関係はなかった。関係なくても、やりたければやれと、あなたたちが教えてくれた」

「くっ、言うなあ。けど、それを受けて、オレたちに何の得がある？」

「弱いものをいたぶるのが趣味かと思った」

「はっ、生意気だな、だがな」

しかしパーティは挑発には乗らなかった。いや、

「おい、ちびの気がすめばいいんだろ。怪我させない程度に相手してやるよ。すぐすむ。なあ、ちいちゃい魔法師のお嬢ちゃん」

魔法師がしびれをきらした。

「お願いします！」

それを見てアリスさんが焦った。

「ちょっと、あなたたち、その子は冒険者じゃないわ！」

「怪我もさせねえよ、ちょっとしつけてやるだけだ」

訓練所に、一対一で立つ。さっきの勝負で、この人はかなり魔法を使っていた。おそらく、魔力はたくさんは残っていない。怪我をさせないように、大きな風の魔法で来るだろう。それならば。

「始め！」

来た！　風の攻撃だ。右に飛ぶ。

「ちっ、ちょこまかと」

今度は小さい風のボールが、動く方向に細かく飛んでくる。

ただし、剣の訓練もしている私なら、一対一でなら避けられる。

そのすきにこちらも風のボールを打つ。

反撃を予期していない相手は、少し驚く。が、膝をつくほどではない。次第にイライラしてくる相手のボールの数が増える。周りで見ている仲間もいらついてくる。

「何遊んでるんだよー、早く終わりにしようぜー」

遊んではいない。ちびがちょこまかと動き回るから。生意気に魔法を使ってきやがる。怪我をさせないように必死に風のボールを当てようとしている魔法師のいらだちは頂点に達する。さあ、出せ、大技を！　動きが一瞬止まる。

今だ！　灯りを一〇個、最大速度で乱舞させる。それを追って上を向いた瞬間、大きな風のボールを背中側の足元に打つ！　風圧であおられ、思わず膝をつく。

「勝負あり！」

アリスさんの声がひびく。

「なっ」

相手の剣士たちが思わず剣に手をかける。

カチャリ。マルが私の前に立つ。

「そこまでだ」

グレアムさんだ。ザッシュに肩を貸している。ザッシュは手に魔石を持っていた。

「これ、今日の魔石です。謝りはしません。間違っていないと思うから。でも、これで終わりにしてください」

「チッ、おもしろくねえ結末だが、これで手打ちにしてやる。いつまでも膝をついていないで、行くぞ！」

「アーシュ！」

手が震える、足が震える、世界が遠くに見える。

目の前がざらついたもので覆われ、視界が暗くなる。何かがギュッと私を押さえつける。

「何やってるんだ！」

あ。セロ。ギュッと抱きしめてくれている。服が顔にこすれて少し痛い。世界が戻ってくる。目が熱い。

「うわーん」

「バカだな、ほら」

セロの、マルの、ウィルの手が抱きしめる。

人に向けて魔法を撃っちゃった。ギルド長に怒られるなあ。

泣き疲れてやっと落ち着いた私を、

「アーシュ、バカね、本当にバカね」

と、今度はマリアが抱きしめてくれる。

「でも、ありがとう、ありがとうね」

周りでザッシュたちがこぶしを握って立ちつくしていた。

そこにグレアムさんが声をかけた。

「まあ、試合までは仕方ないかと思うが、冒険者じゃない、しかも子どもに剣を、まあ魔法だが、向けたことはやはりまずい。あいつらには厳重注意だ。アリスもその点同じだ」

「グレアムさん、すみませんでした」

「ザッシュ、謝る人が違うだろう」

「アーシュ、ごめんな」

「それも違う」

「マリア、すまなかった」

ザッシュたち四人は、悔しそうに、苦しそうに言った。

「君たちは……」

グレアムさんがため息をつく。

「俺たちがもっと強ければ守れたのにとでも思っているんだろう」

「実際、勝てていれば！」

「守れたのに？　そもそも、マリアには関係さえなかったことなのを、忘れていないか。彼女は君たちの意地に巻きこまれただけだろう。ランク差はそう簡単には縮まらない。冒険者には、気の荒い者も、理不尽な者もいる。そのたびに、自分が強ければと言い訳して、誰かを巻き込んでいくのか」

「……」

「マリアもソフィーも、アーシュもマルもギルドの依頼で来ている。仕事をしているんだ。君たちのお守りに来ているんじゃない。ザッシュ、クリフ、学院のおまけのお遊びに巻き込むな。ニコ、ブラン、何のためにマリアについて来たか思い出せ」

「「「「はい」」」」

四人は真剣に聞いていた。グレアムさんは私に優しく話しかけた。

「アーシュ」

「はい」

「君のお父さんは、素晴らしい人だった。わかるね」

「はい。弱かったけど、大事なものを見落としたりしなかった」

「琥珀の姫を連れての逃げっぷりは、語りぐさだよ。批判ばかりじゃなかったんだ。あのまま王都にいたら、何かひどいことが起きていただろう。それで二人は、不幸だったかい」

「いつでも笑っていました」

「君には強い力がある。それを使う頭もある。けれど、まだとても小さい。何が最善かは難しいことだけれど、自分のことは大切にしておくれ」

「はい」

私が心配だからこそ、こうして注意してくれるのだ。グレアムさんに解放されて、お屋敷に帰る途中で、

「ごめんな、強く押さえすぎた。痛かったろ」

とセロが頬を包む。服にこすれたところだ。平気だよ、ありがとう。けど、マルがからかう。

「本当だよ、ひどいよセロ、アーシュ女の子なのに」

「ダメなやつだな」

「な、マル、ウィル、お前らだって慌ててたくせに！」

「「でもギュッとしなかったもーん」」

「う、アーシュ、ホントにごめん」

「じゃあ、今度おいしいもの買ってくれたら許してあげる」

ホントは、パニックになっていたのを戻してくれたのはセロだったんだけど。

「いくらでも！　俺稼いでるし！　今度出かけよう！」

セロはほっとしたように請け合う。

「あのー」

ダンだ。

「お疲れのところ、ちょっといいかな」

「ダン、どうした」

「もともとアーシュに今日相談があって、みんなにも聞いてほしくて」

「さすがに今はつらいと思うわ」

「ん、ソフィー。ただ、今セロが出かける計画を立てていたのでついでに、と思って」

「そのこととお願いが関係あるの？」

「大ありなんだよ、アーシュ」

少し気まずいみんなは、話題に飛びついた。ダンはこう続けた。

「王都に来て、休みの日は街を歩き回って、ちょっと考えたことがあるんだ」

「商売のこと？」

「うん。で、みんなには、できれば何人かに分かれて、街で一日過ごして、食事を取ったり遊んだりしてきてほしいんだ」

「それはデートってこと？」

「「デートっ」」

遠慮なしに聞くソフィーの言葉に、セロと顔を合わせ、慌てて反対を向く。セロは上を見ている。

「ソフィー、デートとは限らないけどね、カップルでもいいし、友だち同士でもいいから、一日楽しく過ごしてきて、街の感想を聞かせてほしいんだ」

「それだけ？」

「うん、それで話を聞かせてほしい」

「急ぐの？」

「五の月のうちには」

「すぐ行こうぜ」

「ザッシュ、体は？」

「このくらい平気だ」

むしろ気晴らしをしたいくらいだろう。さっきの結末はザッシュには相当きつかったはずだ。

「あ、セロ、俺、マルと二人で行くから」

「兄妹でお出かけする！」

「え、四人じゃないの？」

「セロはアーシュと二人で行って来い」

「マル、いいの？」

「うん、お兄ちゃん冒険者だから。いっぱいおごってもらう」

「なりたてだからな、ホドホドにな。でも肉を食おうぜ」

「おー」

肉が好きな兄妹だ。

「じゃあ、アーシュ、俺たちも二人で行こうか」

「行く！　私はね、甘いものが食べたい！」

「俺は肉だな。なに、え？　ウィル、痛っ、わかったよ、甘いもの探そうな」

「うん！」

ザッシュたちは仲直りをかねて、六人で行くことになった。

「そうとなったら、今日は早く休もうぜ」

みんなで急ぎ足で領主さまの屋敷に向かった。


その頃西ギルドでは、アリスがグレアムに謝っていた。

「いや、受付の権限を越えていたことだ。仕方ないだろう。それにしても、中央ならありそうなことだが。あそこはクランの若いのが生意気だからな。まさかうちでこんなことがあるとはな」

「朝食やランチの影響で、いつもと違う冒険者たちが来ていますから。活気があるのはいいのですが」

「いつも以上に注意せねばな。しかし、アーシュ君は、あれはなんだ……グレッグにくれぐれもと頼まれてはいるが、予想外すぎる。子どもだからとわざと侮らせて、したたかに戦っていた。魔法のレベルも上だった。それを悟られないような冷静な試合運び。しかも冒険者ですらない。かと思えば大泣きだ。グレッグの苦労がしのばれるな。これから何もなければいいが」

グレアムの心配は、この先中央ギルドで的中することになるのだった。


七の日。それぞれに分かれて、出かけていった。帰りは六時にダンの屋敷に集合。夕ご飯を食べながら、話を聞きたいそうだ。

「さ、アーシュ、行くよ」

「うん」

伸ばされた手を握り、二人で歩く。よく考えたら、いつも四人で、二人だけのことはほとんどなかった。歩きながら、ふとセロを見上げる。セロが私を見おろす。

「「ふふっ」」

今日はどこに行こうか。足取りは軽い。

泊まらせてもらっている領主さまの屋敷は、王都の中央王城寄りにある。そこから北は、貴族や商人の裕福な街。南に下がると、中央広場があって、庶民街、中央ギルドのそばに貧民街と続く。東と西には、庶民街が広がっている。

「まずは中央広場に行って、それから屋台やお店を見ようか」

「そうしよう！」

中央広場には噴水があって、広場はどこでも休めるようになっている。周りには露店や屋台がポツポツとある。まずは、屋台を端からチェックだ！　セロが数え上げていく。

「串焼き、パン、串焼き、肉巻き、肉の小麦巻き、干し果物、串焼き」

「肉ばかり」

「味付けが違うみたいだぜ。俺、肉巻きが食べたいな」

「うん、私は小麦巻き。半分こしよう」

「俺が買ってくるから、待ってて」

おお！　デートみたい！

セロの買ってきた肉巻きをかじる。

「肉巻きおいしい！」

「薄切り肉がくるくるしてるな」

「小麦巻きは、これはジャムをはさんで巻けば……もっと薄く焼いて」

「仕事熱心だな？」

「こっ、これは違うの。単にこう、仕事柄というか」

「仕事だな？」

「もう！」

「ははは」

「ちょっとおじさんに話を聞いてくる！」

私は小麦巻きのおじさんのところへ走った。

「おじさん、これ甘いもの巻かないの？」

「甘いもの？　巻いたこたあねえなあ。こう、がっつりいくもんだからな」

「おいしそうなのに」

「でも、あまり女の人は屋台では買わんからなあ」

「あ、ほんとだ。少ないね。どこに行ってるんだろ」

「外では食いもんはつままねえな。食事処に行くんじゃねえか」

「食事処って、じゃあ、ご飯食べるほどじゃない時はどうしてるのかな」

「さあなあ」

「ありがと！　おじさん」

「おう、また来いよ」

次はそのまま、お店を見ながら南に移動する。

「わあ、きれいな服屋さん」

きれいなドレスが飾られている。

「いつか似合うようになるかな」

「今でも似合うと思うよ。何か買ってあげようか」

セロがにこにこしながら言う。ドレスは無理だけど、端っこのリボンなら……。いやいや。

「ん、いいの。それより先に行ってみよう？」

節約思考が……食べ物なら買えるのに……。

貧民街は大きくなかったけど、確かにそこにあって、気力のない人があちこちに立ったり座ったりしていた。セロと下を向いて足早に通り過ぎ、中央ギルドに出た。

「ここが中央ギルドか、大きいね」

「西の二倍？　メリルの三倍以上はあるね……」

七の日でも、結構人がいる。それに合わせて、周りには屋台の他に、食事処もある。屋台は串焼き、串焼き、パン、肉巻き、串焼き……あ！

「セロ、あれ！」

「あ、珍しい、揚げ物だ」

「『行ってみよう！』」

「おばさーん、それなあに？」

「小麦を練って、油で揚げたのさ。最近西に油の工場ができたんだよ」

「二つください！」

「あいよ」

紙に包んでくれる。まんまるで硬い、いや、

「中が空っぽだ！」

「サクサクしてておいしい！」

「子どもの食べ物のようだろ、でも案外冒険者も買うのさね」

「おばさん、これ、お砂糖かけないの？」

「かけたらおいしいだろうね。でも高くてとても屋台じゃ売れないよ」

「お店なら？」

「お店で座れるんなら多少高くてもいいかね」

「おばさん、飲み物売ってない？」

「嬢ちゃん、水出せないのかい？」

「出せるけど」

「だからあんまり買う人はいないんだよ。でもあっちでココのジュースは売ってるよ」

「『ありがとう！　ごちそうさま！』」

ココはココナッツだ。おいしいけど、ぬるい。

「お昼は？」

「食べすぎで入んない」

「じゃ、次は、東ギルドのそばのお菓子屋さんに行ってみようか」

「うん！」

そこから王都の壁沿いに、東ギルドまで回ると、おやつの時間だ。

「あ、あれじゃない？」

「ここは騒ぐとリカルドが来るぞ！」

「はは！　わあ、クッキーだ！　あれプディング？」

「一つずつ買ってみれば？」

「そうしようか」

その後串焼きを買って、城壁に登らせてもらった。リカルドさんはお休みだそうだ。王都を二人で眺めながら、おやつを食べる。おいしいけど、硬い。プディングみたいなのは、プリンじゃなくて、小麦の甘いちまきのようなものだ。

「何人住んでるんだろうね」

「たくさんだろうね」

遠くに西門が見える。

「あの西門の先に、ニルムがあって、その先に帝国があるんだな」

「行きたい？」

「行きたい。海から首都まで、広い草原が広がってるんだ。ダンジョンは山のそばにしかないんだって。少ないっていっても、メリダと同じくらい数はあるんだよ。冒険者として、行ってみたいんだ」

「私はね、行くなら観光だな」

「観光？」

「今日みたいにね、食べたり、お店見たり、食べたり」

「食べてばかりだ」

「ただ遊びに行くだけ」

「働かずに？」

「働かずに」

「働かないで、遊びに行くだけ……いいな」

「いいでしょ」

「行こうか」

「行こうよ」

「必ずな」

「一緒にね」

そろそろ夕焼けだ。

「アーシュ」

「ん？」

「後ろを向いて」

「ん」

セロが髪をすくって何かで留めた。

「はい」

「髪？　リボン！　赤い！　少ししか見えないよ！」

私はリボンを見ようとしてくるくる回った。

「これ、さっきお店で見てただろ。アーシュの琥珀の瞳と黒髪には、ピンクや水色じゃなくて、赤が似合う。ほら、止まって、くるくるしなくても見えるだろ？」

「ありがとう！　かわいい」

アーシュのほうが、かわいいよ、って聞こえた気がした。

「帰ろうか」

「帰ろうか」

さあ、ダンの家に集合だ！

ダンの屋敷は、そういえば来たのは初めてかもしれない。

「ほら、女子はいつも領主さまのとこだから」

「そうかー。あ！　みんな帰ってきているよ」

「あれ、ウィルとマル、なんかよれてる？」

「ついさー、途中で西ギルドに行っちゃって、剣の訓練をね」

「えー、マル、それでよかった？」

「ついねー、でもお肉はたくさん食べた。串焼きがいっぱい」

「串焼き多かったよねー」

「幸せだった」

「マルってさ、女子力低くない？」

「アーシュ……、わかってない」

マルはあきれたように首を振った。

「ええ？」

「リボンキレイね」

「セロが買ってくれたの」

「趣味イイね、アーシュに似合ってる。お兄ちゃんも私に買うべき」

「おお？　買ってやるから自分で選べよ」

「わかってない」

マルはやっぱりあきれたように首を振るのだった。

「さあ、ご飯にしようぜ」

とダン。さすがにオリーブオイルを使っていて、おいしかった。

「さあ、ご飯も済んだし、今日のようすを聞かせてくれよ」

「そうねダン、さすがに王都ね。服屋さんがたくさんあって、雑貨屋さんも、素敵なものが多くて。

ねえ、アーシュ、そのリボンどこで買ったの？」

ダンの声とともにソフィーが私に聞いてきた。

「これはね、セロがね」

「いや、ソフィー、アーシュ、話をそらさないでくれ。で、お昼とかどうだった？　ザッシュたちのグループは」

「俺たちは学院御用達みたいになってる、安い定食屋に行ったんだ」

「学生がいるところなんて初めてで、どきどきしたわ」

「いや、マリアもソフィーも、全然落ち着いてたじゃん。俺たちのほうがなー」

「学院の生徒が結構いて、『あれだれ？』みたいなね」

「後で絶対紹介しろとか言われる。マリアとソフィーだけじゃなく、ニコとブランもな」

「……俺はうれしくねえ」

「いつでもいいよ、俺は」

ニコとブランは正反対だった。

「それでお昼はどうだった？」

「ん？　子羊館に比べたら、やっぱりな、落ちるけど、安くて多いし」

「私には多すぎたし、混んでるからゆっくりはできなかったわね」

女子には不評のようだ。

「その後は？」

「中央広場あたりをブラブラして、店見るの付き合って」

「屋台で小麦巻き食べたり」

「そんな感じ」

ふむふむ。私たちとおんなじだ。

「じゃ、ウィルとマルは？」

「うん、串焼き食べて、肉巻き食べて、西ギルドで剣の訓練して、串焼きを」

「あーわかった」

要するに、肉だ。

「お茶は七の日はやってないのな」

「ランチもだろ？　ウィルがお茶とか言うと思わなかったよ」

「確かに。でも、一日遊んでたら、飲み物ほしくなった。水は出せるんだけどさ」

「そうよね、ちょっと休めるとこはなかったわね」

「メリルはそもそも一日遊べないしな、なくても気にならなかったし」

マリアとザッシュが言う。

「アーシュとセロは？」

「私はね、甘いものが売ってなかったのがちょっとね」

「俺は特に問題なかった。けど、女の人や家族と来たい人には、休むとこや食べるとこがないかなって思った」

「やっぱりか」

ダンが腕を組んでふむ、とうなずいた。

「やっぱり？」

「王都ってさ、人が多い割に、お茶とか甘いもの売ってないし、何より休める場所がないんだよ」

「確かにね」

「だからギルドのお茶販売が受けるんだよ。たまに冒険者以外も買っていくよ」

「じゃあ、広場でお茶の販売？」

「それも考えたけど、俺、座ってお茶を飲むお店を考えてるんだ」

「食事も？」

「食事は出さない。座って、ゆっくりお茶を飲める店。できれば甘いものをつけたい。レーション受けただろ？」

「場所代考えて採算とれる？」

「うん、アーシュ、だから高級志向で行く」

「私たち入れるかな」

うーんと悩む私を見て、ダンは男子組に話しかけた。

「セロ、ウィル、ツレが休みたいって言ったら？」

「ちょっと高くても入るよ」

「俺も入る」

「ザッシュは？」

「買い物付き合うの男も疲れるんだよ、あっ、いてっ！　だから高くても休むために入る」

「俺は一人じゃ絶対に入らん」

「「俺もだな」」

「クリフ、ニコ、ブランはダメか」

女子組を見ると、

「私たちは、甘いものしだいね」

「マルは特に気にせず入る」

と言う。

ダンは私たちを見渡すと、決意を込めて言った。

「よし、王都に出店する！　協力してくれ！」

「「「ホントに！」」」

思いもかけない未来が開けた。やがてこの店が、丘の上の子羊館とともに、子羊たちの名前をメリダに響かせることになるが、それはもう少し先のお話。

おまけのお話　マルの「お茶販売に行こう」

「マル、行こう！」

アーシュが伸ばしたその手をギュッと握った。

「俺もいるよ」

ダンが苦笑いしながら言った。うん、知ってる。今日から王都の西ギルドでお茶の販売だ。私はお手伝いでついて行く。

「マルは剣の訓練のほうがよかったよね、ごめんね」

「大丈夫」

アーシュはいつも私がどうしたいか考えてくれる。明るいおひさまのような瞳で。それはずっとずっと前、お兄ちゃんと小屋にいた時の、天井のすきまからもれていた優しい光を思い出させる。

剣の訓練も好き。でもアーシュといるのも好き。アーシュといると、いろいろなものがくっきりときれいに見えるから。

アーシュが好きな廃糖蜜の、うす茶色のビンを見ると思うんだ。アーシュと会う前の私は、このビンの底にいたみたいだったなって。

人やものがあることはわかるけど、それは自分には関係のないこと。色のついたガラス越しに、私の周りで勝手に動いている。ただお兄ちゃんだけがいっしょにビンの底にいてくれた。

だから住んでいるところがお屋敷でも小屋でも変わらない。おなかがすくのはつらかったけど、たぶんお兄ちゃんがいたからがまんできた。お屋敷の小屋はね、お台所の裏手にあって、いっつもお肉の焼けるにおいがするの。それなのに差し入れられるのはパンとスープだから。だんだん少なくなる差し入れに、二人でいつかお肉をいっぱい食べようねってお兄ちゃんがいつも言ってた。だからお肉はいいものなんだ。

お兄ちゃんはね、小屋の壁のすきまを広げてね、雨水が入るように工夫してて、それで水はいつでも飲めた。お兄ちゃんがいてくれたから、この毎日の先にはなにかが待っているような気がしてた。

それは馬車でどこかに連れて行かれても、住むところがやっぱりわらの中でも変わらなかった。でも大人はいやだったの。だっていつも高いところから冷たい目で見る。それは茶色いガラスを通してても伝わってくる。

そんな時アーシュに出会った。困ったものを見るように上から見おろすみんなと違って、アーシュは明るい目で私を見上げた。あたたかいおひさまの光。離してはいけない大事なものだってすぐにわかったの。

アーシュと一緒に過ごすとね、私の周りのうす茶色のガラスは少しずつ透き通ってく。アーシュは私も知らなかった私の気持ちも教えてくれた。だっていっつも聞いてくれる。

「マルはどうする？」

「マルはいいの？」

そのたびに自分の心に聞いてみるんだ。マルはどうしたい？　そうするとね、心の声がするの。

「アーシュと一緒にいたい」

「おなかがすいた」

「疲れたから、休みたい」

そうしてそれを言葉にすると、その言葉のとおりになる。見ているだけだった世界は、さわれて、動かせるものに変わっていく。

前はね、いるものは全部お兄ちゃんがくれた。だけど知ってた。お兄ちゃんは私に縛られて動けなかったの。私が変わったら、お兄ちゃんも自由になった。

そんな中、剣に出会ったの。これほど思い通りに動かしていいものはない。私は夢中になって、それをアーシュはにこにこと見ていてくれる。お肉が好きだとわかるとお肉もいっぱい出すようにしてくれる。

だから剣も好きだけど、アーシュといるのも好き！

あ、串焼きのにおいだ。私は顔を上げた。

「マルってさ、肉のこと以外何にも考えてないだろ」

ダンがからかってくる。だっていいにおい。お肉はいいものでしょ。

ダンはアーシュの時間をとっていくからちょっと嫌い。たぶん、ちょっといやそうな顔をしたんだと思う。アーシュが楽しそうにこう言った。

「マルのそんな顔も好き」

アーシュの好きって気持ちがおひさまのようにしみて気持ちいい。アーシュはどんなマルも好き。マルはどんなアーシュだって好き。じゃあ、ダンのことマルはどう思う？　自分に聞いてみる。うん。ダンは意地悪。やっぱりちょっと嫌い。アーシュ大好き。うん。言葉にできた。満足した。

「マルの顔、変わらないだろ？」

「ダンが意地悪でいやって顔してた」

「ええ、俺意地悪じゃないよ。なあ、マル、違うよね」

私はちょっと横を向いた。

「ええ、マル、なあ、今度おやつ持ってきてやるから」

ダンが焦っていておもしろい。おやつはもらってもいい。肉ならもっといい。

「あ、マル、今ちょっと笑っただろ」

笑ってないよ？　自分の顔は見えないもん。

「笑ってた」

ダンがうれしそうに笑う。アーシュもうれしそうに笑う。ほら、今また世界がくっきりしたよ。

アーシュが思いついたようにこう言った。

「帰りにみんなを誘って串焼き食べようか」

うん！　みんなで食べるお肉はもっとおいしい。アーシュとつないだ手をゆらす。

「その前にがんばってお茶を売ろう！」

「「おう！」」

王都の午後は、まだ始まったばかりだ。

この手の中を、守りたい　1
～異世界で宿屋始めました～

＊本作は「小説家になろう」（http://syosetu.com/）に掲載されていた作品を、大幅に加筆修正したものとなります。
＊この作品はフィクションです。実在の人物・団体・事件・地名・名称等とは一切関係ありません。

2017年7月20日　第一刷発行

著者 ……………………………… カヤ
©KAYA 2017
イラスト ……………………………… Shabon
発行者 ……………………………… 辻 政英
発行所 ……………………………… 株式会社フロンティアワークス
〒170-0013　東京都豊島区東池袋3-22-17
東池袋セントラルプレイス5F
営業　TEL 03-5957-1030　FAX 03-5957-1533
アリアンローズ編集部公式サイト　http://www.arianrose.jp
編集 ……………………………… 末廣聖深
装丁デザイン ……………………………… ウエダデザイン室
印刷所 ……………………………… シナノ書籍印刷株式会社